소원

소재원 장편소설

소원

희망의 날개를 찾아서

네오픽션

차례

이것은 다른 누구의 일이 아니라
바로 우리의 일이다

나영이아빠

대변을 대신하는 주머니를 떼기 전, 아이는 매일 밤 악몽에 시달렸다. 매일 똑같은 꿈을 꾸었는데, 친구들과 놀다가 괴물에게 쫓기는 꿈이었다. 친구들을 모두 숨겨놓고는 마지막에 자신만 괴물에게 붙잡혀가는 꿈에 괴로워했다.

하루는 아이가 나에게 물었다.

"아빠, 나쁜 아저씨 징역 얼마나 받았어?"

징역. 또래의 아이들 중 과연 얼마나 알고 있는 단어일까? 그것도 모자라 자신을 아프게 한 그놈의 소식을 묻는 것이다. 나는 아이의 다음 말을 듣고 두려움으로 인한 스트레스가 남아 있음을 알 수 있었다.

"12년 받았으니 10년 조금 넘게 더 감옥에 있어야 나와."

"쳇!"

사회에 대한 짜증일까? 아니었다. 공포였다.

"10년이나 남았잖아."

"그때까지 내가 힘을 길러야겠다."

억장이 무너지는 이 마음을 누가 알 수 있을까? 부모라면, 나와 같이 딸을 가진 아빠라면 알 수 있을까? 얼마나 끔찍했으면 그놈의 출소를 벌써부터 걱정하고 있는 것일까? 12년. 여느 다른 사람에게는 가벼운 시간일 수도 있지만, 우리 아이에게는 다시 상처 받지 않기 위해 힘을 길러야 하는 지독한 시간이 되어버렸다. 만약 놈이 더 많은 형량을 받았더라면 아이의 스트레스는 그만큼 줄어들지 않을까? 아이는 하루하루 시간이 흘러간다는 것에 얼마나 무서움을 느끼고 있을까? 1년이 지나면 '9년밖에 안 남았네?'라고 생각할 것이다. '몇 년밖에 안 남았네.'가 아니라 '아직 몇 년이나 남았구나!'라고 생각할 만큼 엄벌이어야 당연하지 않은가?

"아빠가 힘은 없지만 두 번 다시 이런 일이 일어나지 않도록 막을게. 다른 친구들이 이런 일로 고통을 겪지 않도록

아빠가 막을게."

나는 평범한 아버지다. 나는 아이에게 약속했다. '시간을 되돌릴 수 있다면'이라는 생각을 해본 적도 있었다. 하지만 그건 불가능한 일이다. 나도, 우리 아이도 너무나 잘 알고 있다.

우리 아이는 성폭행이라는 말도 안 되는 상처를 받았다. 상처도 상처이지만 기억이 집요하게 우리 아이를 괴롭힌다. 어느 날 아이가 물었다. 성폭행이라는 범죄에 대해서. 초등학교 저학년 딸아이의 입에서 나온 말이 성폭행이란 단어라니. 나는 살이 떨려오는 증오심을 겨우 억누르며 입을 열었다.

"그 나쁜 아저씨는 남자고 너는 여자이기 때문이야. 성이 다르기 때문에 성폭행이야."

어떻게 설명해야 할지 몇 번이고 생각했다. 언젠가는 물어볼 질문이었기 때문이다. 수십 번도 더 다짐한 물음이었지만, 나는 어쩔 수 없는 막막함을 느꼈다.

일이 일어난 뒤, 아이가 한 형사언니를 알게 되었다. 아이는 형사언니를 참 좋아한다. 자신이 형사를 알고 있다는 것에 안전함을 느끼는 것 같았다. 그래도 주위의 따뜻함이 아이에게 많은 용기를 심어주고 있었다.

하지만 따뜻함만이 존재하는 것은 아니었다. 기가 막힌 일들도 많았다. 우리 아이의 상태가 호전되지 않아 담당 의사를 찾아갔었다. 정신과 의사는 자신은 치료하는 사람이 아니라 아이의 상태를 진단하는 사람이라는 말로 상처를 주기도 했다.

"아이를 치료하고 계신 건가요?"

"아니요."

"아니라니요?"

"저는 치료하는 사람이 아닙니다. 진단을 하는 사람이지."

우리 아이를 관찰 대상으로 매도해버리는 의사의 어이 없는 말에 너무 큰 충격을 받았다. 나는 그 뒤로 다른 곳들을 돌아다녔다. 어떻게 해서든 아이에게 정상적인 삶을 되돌려주고픈 마음만 가득 차 있었다. 아마 어느 아버지라도 나와 같았으리라.

단체뿐만 아니라 국가에서 지원해주는 곳을 찾아가기도 했다. 아이의 정신적 안정을 위해 찾은 곳들 가운데는 이익만을 채우는 집단들이 많았다. 하루 종일 다리품을 팔며 아이를 위한 치료가 목적인 곳을 백방으로 수소문하였다. 웃음이 나왔다. 당연히 치료를 목적으로 한다는 기관들이 정말 치료를 하는 것인지 수소문하고 다니는 나. 간판만 치료를 목적으로 내세웠지 그들은 국가에서 보조받는 돈만을 탐하려 했다.

한 기관에서는 자신들이 치료를 돕고 나라에 지원을 요청할 테니 다른 기관에서 치료를 받지 말라는 경고 비슷한 말을 했다. 2주에 한 번 치료한다 했다. 2주에 한 번이라. 우울증만 하더라도 일주일에 한 번 진료를 하고, 단순 스트레스성 정신 질환도 일주일에 한 번의 진료가 기본인데……. 우리 아이가 2주에 한 번의 치료만으로 충분하다 말하는 그들을 보니 분노가 나를 가득 채웠다.

아이를, 우리 가족의 아픔을 이용하여 배를 채우려는 그들을 바라보니 역겨움이 밀려들어왔다.

결국 나는 서울에 위치한 해바라기아동센터라는 곳에 아이를 맡겼다. 돈을 탐하는 수많은 무리 중 이곳만은 진정 아이를 배려하였다. 이곳의 이름을 밝히는 이유는 우리 가족과 같은 아픔이 있는 사람들을 위해서다.

하지만 여기서도 문제는 있었다. 해바라기센터는 보건복지부와 여성가족부 소관이다. 헌데 각 시에 위치한 것이 아니었다. 나는 이곳저곳을 돌아다닌 끝에 이곳을 알 수 있었다. 내가 사는 곳에서 서울까지. 쉽지 않은 거리다. 아이를 위해서 온다고는 하지만 정말 먼 거리다. 나는 괜찮다. 하지만 아이는? 작은 공간도 크고 멀게 느껴지는 시선과 체력을 가진 것이다. 더군다나 화장실은 하루 수십 번도 더 가야 되는 우리 아이에게는 너무도 힘겨운 일이다. 장시간 이동을 할 때면 피곤이 밀려오고 차 안에서 멀미를 하기 일쑤다. 아이를 생각하는 기관이라면 적어도 시에 하나 정도는 있어야 되지 않을까?

성폭행을 담당하는 지정병원 역시 턱없이 부족했다. 서울에서도 딱 한 군데뿐이다. 경기도나 다른 지방 역시 마찬가지다. 피해자들이 그 먼 거리를 다니며 치료할 수 있는 정신적 여건이 된다 생각하는가? 그저 탁상공론에 그치는 처사가 아닌가? 보여주기 위한 구색만 갖춘 정책 아닌가? 피해자의 입장에서 생각했다면 이따위 무모한 정책을 내세울 수 있는 것인가?

내가 소재원 작가의 작품에 참여하게 된 이유는 단 하나다. 나와 같은 아픔을 가진 이들을 대변하고 희망을 함께하고자 한다는 것이 가장 크지만, 다시는 우리 아이와 같은 아픔이 생겨서는 안 된다는 바람과 더불어 정부의 정책 변화, 그리고 강도 높은 처벌을 요구하기 위함이다. 또한 우리 가족과 같은 아픔을 가진 다른 이들에게 돌파구를 찾아주고 싶어서.

우리 아이에게 끔찍한 고통을 가한 그놈은 재범이다. 다른 범죄자들 역시 재범이 많다. 그들은 점점 치밀해진다. 우리 아이의 일을 꺼내고 싶진 않지만, 죽어도 다시 기억하고 싶지 않지만, 엄벌을 요구하기 위하여 상처에 소금을 뿌리는 심정으로 이야기한다.

위에서 말했듯이 아이에게 약속했다. 두 번 다시 아픔을 겪는 친구들이 생기지 않도록 하겠다고.

나는 그 약속을 지키고 싶다. 그래서 강력하게 말하고 싶다.

성범죄자에게 강력한 처벌을 요구한다.

사건 직후 아이가 중환자실에서 깨어나자마자 엄마를 부르며 말했다.

"엄마! 범인 도망가기 전에 잡아!"

아이는 묻지도 않았는데 경찰에게 급하게 이야기했다.

경찰은 나중에 이야기하라며 아이를 달랬지만, 졸려서 자고 일어나면 기억이 나지 않을 수도 있다면서 계속 그 잔인한 순간을 이야기했다. 또다시 되풀이될지 모른다는 두려움이 만들어낸 의지였다. 아직 아름다운 것만 봐도 모자란 우리 아이, 잠을 참지 못하는 어린아이. 그런 아이가 무거운 눈꺼풀을 들어올리며 지독한 상황을 말하는 모습을 보는 아비의 마음이 어떤지 상상할 수 있을까?

경찰은 다음 날 몽타주를 만들었고 여러 용의자를 선별했다. 용의자 사진을 보고 아이는 그놈을 지목했다.

그놈은 이미 용의선상에 올라와 있었다. 그러나 증거를 찾을 수 없었다. 지문이 남지 않았기 때문이다. 간신히 하나의 지문을 찾아내 그놈을 처벌할 수 있었다.

성범죄자. 그들은 재범일수록 증거인멸에 능숙함을 보인다. 여타 다른 범죄도 마찬가지겠지만 그들은 감옥에서 검사와 변호사처럼 많은 법적 지식을 공부하고 출소한다. 그들의 범죄는 날로 치열해지고 미해결 성폭행 사건은 점차 늘어난다.

많은 사람이 알고 있겠지만 종신형이 기본적으로 적용되는 나라는 무수히 많다. 하지만 대한민국, 우리나라에서는 성범죄에 너무 관대하다. 그렇기에 그들은 범죄를 저지르고도, 나라에서 지원하는 감옥이라는 집에서 편안하게 밥을 먹고 살아간다. 나는 그들의 사회적 영구 격리를 주장하고 싶다.

나는 아내와 함께 뉴스를 시청하지 않는다. 아내는 비슷한 사건을 보면 언제나 중얼거린다.

"왜 저놈들 밥 먹여주고 살려주는지 모르겠다."

나 역시 그렇다. 왜 저런 놈들을 편안하게 생활하도록 두는지. 부모의 증오와 분노, 아이의 상처를 안다면 정말 저렇게 편안하게 둘 수 있는지. 왜 인권이라는 명목으로 한 아이의, 가족이라는 우리의 인권은 철저하게 외면당하는지!

최고 형량을 사형으로 한다면 어떨까? 나는 생각지도 못한 일 때문에 그놈들의 심리를 공부했다. 인간으로서 저지를 수 없는 짓을 한 짐승이지만, 그놈들 역시 죽음만은 치가 떨리게 두려워한다. 죽음이 자신에게 다가온다면, 과연 그들이 쉽사리 범죄를 저지를 수 있을까? 100퍼센트는 아니겠지만 분명 범죄는 줄어들 것이다. 동시에 상처받는 아이들 역시 줄어든다는 공식이 성립된다. 그렇다면 아이들을 위해, 선량한 국민들을 위해, 대한민국에서 살아가는 가족들의 안전을 지켜줘야 하는 국가는 당연히 법을 강화시켜야 하는 것이 아닌가?

소재원 작가와 이야기하면서 동감했던 말이 있었다.

"아버님, 살인은 친구와 싸우다가도 우발적으로 발생할 수 있는 범죄이지만 성범죄는 절대 우발적일 수 없는 범죄입니다. 계획 없이는 불가능한 범죄이기도 하며, 충분히 생각할 시간이 있는 범죄입니다. 범행 대상을 물색할 때, 범행 대상을 끌고 갈 때, 허리띠를 푸는 순간, 바지 지퍼를 내리는 순간까지, 그들이 판단할 수 있는 시간은 충분합니다. 술에 취해서 저지른 실수? 그럼 음주운전 역시 실수가 된단 말입니까? 술에 취했다고, 판단능력이 조금 흐려졌다고 해서 허용할 수 있는 범죄입니까? 술이라는 것에 의존한 그들에게는 더욱 강력한 처벌이 내려져야 하는 것 아닙니까?"

나 역시 크게 공감했다. 소재원 작가는 작품의 출간과 함께 법개정을 촉구하는 여러 행사를 가질 거라 말했다. 나는 소재원 작가를 응원할 것이다.

나와 같은 아픔을 가지고 있는 가족들에게 호소하고 싶다. 어떤 아이의 부모는 모두 지워버리고 새롭게 살고 싶다

했다. 아이의 기억을 지워주겠다 했다. 하지만 불가능하다. 기억은 영원히 존재한다. 그 기억은 평생 지워지지 않는다. 그렇다면 딱 한 가지 방법밖에 없다.

'이겨내야 한다. 잊히지 않는 기억이라면 이겨내야 한다.'

상처에는 딱지가 생기고 흉터가 남게 된다. 하지만 더욱 단단한 새살이 돋아난다. 나와 같은 아픔을 함께하는 사람들도 마찬가지다. 흉터, 기억은 남는다. 그렇다면 지워질 수 없다는 것을 빨리 인정하고 이겨내는 방법을 찾아야 한다.

나는 2년이라는 시간 동안 우리 아이와 함께 많은 것을 이겨냈다. 지금은 여느 다른 아이들과 같이 행복해질 거라는 꿈에 부풀어 있기도 하다. 우리 가족과 같은 아픔을 가진 다른 분들도 반드시 극복하였으면 하는 바람이다.

끝으로 글을 읽는 분들께, 내 일이 아니라는 생각으로 방관하지 않기를 간절히 부탁한다. 누구나 겪을 수 있는 상황이라는 것을 인지해주길 간절히 바란다.

적극적인 대처로 그놈들을 처벌하고, 그 모습을 바라보는 타인들은 피해자를 혐오하지 않고 보듬어주었으면 하는 바람이다. 또한 사회적 관심만이 그들을 범죄로부터 자유

롭지 못하도록 족쇄를 채울 수 있다는 말도 덧붙이고 싶다.

사랑으로, 관심으로, 아낌으로 우리가 함께하여 더러운 범죄를 저지르는 그들에게 경각심을 일깨워줬으면 하는 생각으로 글을 마친다.

추신.

나는 앞으로도 이러한 일로 힘들어하는 가족들을 위하여 끝까지 싸워나갈 것이다.

당연한 일이다. 나 역시 이런 일을 당하지 않았을 때는 무관심했지만 이제 깨달았다. 우리의 무관심 속에 말도 안 되는 일들이 벌어지고 있다는 것을. 우리가 관심을 가진다면 많은 일이 변화될 수 있다고 믿어 의심치 않는다.

관심. 우리의 목소리가 높아진다면 법을 개정하는 일도, 아픔을 가진 이들이 그 아픔을 이겨내는 일도 현실로 이뤄질 수 있다고 절대적으로 믿는다.

내 일이다. 내 가족의 일이다. 내 딸의 일이다. 내 친구의 일이 될 수도 있고, 내 친구의 친구의 일이 될 수도 있다. 결국 우리의 일인 것이다. 우리의 관심. 그것으로 우리는 기적을 이루어낼 수 있다 굳게 믿으며 싸워나갈 것이다.

그리고 보여줄 것이다. 그놈은 결코 우리 가족의 행복을 빼앗을 수 없었다는 것을.

2010년 8월

1화. 기억은 끝나지 않는다

선고 공판 이후, 그놈은 항소를 했다. 만취 상태라는 참작이 이루어져 검사가 구형한 20년 형량보다 가벼운 죗값을 받았다. 그놈은 12년 형도 무거운 죗값이라 말하고 있었다.

인터넷 기사를 보고서야 알았다. 검사도, 그 누구도 그놈의 항소를 알려주지 않았다. 인터넷 댓글들을 바라보는 지윤아빠는 좌절했다. 두 손으로 머리를 쥐어뜯으며 자신이 운영하는 팬시점 안이 떠내려가라 고함을 질렀다.

대학가 한복판에 자리 잡은 팬시점 안에는 많은 사람이 있었다. 모두가 지윤아빠를 바라보았다. 그는 노트북을 집어 던졌다. 몇 개월 전 미소와 함께 학생들을 맞이하던 그는 존재하지 않았다. 무표정한 얼굴과 증오 섞인 모습으로 사람들을 바라볼 뿐이었다.

그 지독한 일이 있은 후로 지윤아빠는 분노로 가득 찬 가슴으로 하루하루를 살았다. 모든 것을 경멸하고 더럽게 보는 사람 같았다. 불만이 가득한 그의 모습은 어쩌면 당연한 것인지도 모른다. 자신의 분신, 정말 지윤이를 대신해 목숨을 내줄 수 있다고 말해도 타인들이 수긍할 수 있는 아빠로 살아가는 남자였기에.

그 일이 있은 후 수일 만이었다. 지윤아빠는 한 남학생을 죽도록 두들겨 패, 파출소를 찾아야 했다. 자신의 가게 바로 앞에서 길을 잃은 여자아이를 무릎에 앉혀 달래는 학생을 본 순간 자신도 모르게 눈알이 뒤집혔다. 그는 "이 개만도 못한 새끼야!"라고 소리치며 학생의 얼굴을 발로 걷어찼다. 어린아이의 울음이 온 사방으로 퍼져 나갔다. 그의 충혈된 눈과 잔인한 폭력 앞에서 아이는 오줌을 지렸다. 그는 아이의 공포는 안중에도 없이 학생을 두들기는 데 집중했다. 마치 지윤이를 잔인하게 학대한 그놈과 같은 부류의 사람이라 생각하며.

결국 경찰이 출동했지만 지윤아빠는 물러서지 않았다. 경찰의 강압적인 진압 이후에도 그의 행동은 좀처럼 진정되지 않았다. 양손에 수갑이 채워지고 두 명의 경찰이 더 오고 나서야 그는 제풀에 지쳐 축 늘어진 몸으로 파출소로 향했다.

지윤아빠에게 정상참작이 이루어졌다. 폭행을 당한 학생도 그의 사정을 듣고는 치료비만으로 선처를 약속했다. 그는 하루 만에 유치장에서 나올 수 있었다. 하지만 자신을 선처한 학생에게도, 자신을 변호한 경찰에게도 인사를 건네지 않았다.

지윤아빠는 노트북을 박살 내고 사람들을 둘러보며 "모두 나가! 내 눈앞에서 사라져!"라고 소리쳤다. 분노보다 절규에 가까운 소리였다. 사람들은 날카로운 그에게 아무런 말도 하지 못하고 급하게 자리를 빠져나갔다.

지윤아빠가 카운터 한편에 놓인 야구방망이를 들고 가게 앞으로 나갔다. 가게 가장자리에 설치된 스피커에서 음악이 흘러나왔다. 그 순간, 스피커가 박살나며 음악이 멈췄다. 사람들이 가던 길을 멈춰 서서 그를 바라보았다. 누구도 말리지 않았다. 그는 광대처럼 사람들의 구경거리가 되었다. 야구방망이가 부러지고 나서야 그는 거친 숨과 함께 자리에 주저앉았다. 헉헉거리는 숨소리와 함께 눈물이 터져

나왔다.

"사람이면 어떻게 그럴 수 있냐. 이 개자식아."

그가 계속 반복해서 중얼거리다 어느 순간 참지 못하고 "사람이면 어떻게 그럴 수 있냐고! 이 개자식아!"라고 외치며 두 주먹을 불끈 쥐고 일어났다.

지윤아빠는 자신을 둘러싸고 있는 사람들을 미친 사람처럼 바라보았다. 그가 비틀거리는 걸음으로 사람들에게 다가가자 구경꾼들은 재빨리 뒤로 물러났다. 당황한 한 여학생이 미처 물러서지 못하고 그 앞에 서 있었다.

"어떻게 그럴 수 있는 거야? 어떻게! 어떻게!"

가게에서 물건을 훔친 어린아이를 혼내는 것 같았다. 여학생은 오들오들 떨며 그의 눈을 피했다. 그가 여학생의 어깨를 꽉 잡았다.

"어떻게 그럴 수 있는 거야! 어떻게 사람이 그럴 수 있는 거냐고! 우리가 무슨 잘못을 했는데! 왜 우리가 도망가고 두려워하고 분노해야 하는데! 왜 이렇게 모든 것을 잃어버린 채 살아가야 되는 거냐고! 그 자식은 당당하게 이야기하는데 우리는 왜 이렇게 가슴 졸이며 아파해야 하는 거냔 말이야!"

그의 행동을 보다 못한 남학생이 그와 몸싸움을 벌였다. 학생 몇몇이 나서서 그를 둘러쌌다. 그는 학생들에게 제압당했다. 얼굴을 바닥에 짓눌린 채 하염없이 울분의 눈물을 쏟아냈다.

"신이 있다면, 영원히 저주해라. 모든 사람이 잊고 내가 죽는다고 해도 신만은 영원히 잊지 말고 그놈을 벌해라. 지윤아, 지윤아……."

오늘도 지윤아빠는 소주가 든 검은 비닐봉지를 들고 원룸 계단을 올라서고 있다. 얼굴은 이미 얼큰하게 마신 술로 붉어져 있었다.

몇 차례 시도 끝에 열쇠를 구멍으로 밀어 넣었다. 현관에 들어서자 자동으로 노란색 전구가 불을 밝혔다. 10평 남짓한 공간은 쓰레기로 넘쳐났다. 며칠 전 끓여놓은 라면은 통통 부어오른 채로 냄비와 찰떡궁합을 자랑하고 있었다. 언제 했는지 설거지통에는 빈 그릇들이 산더미로 쌓여 있었다. 옷들은 제대로 정리되지 않아 이리저리 널브러져 있었다. 방 안에서 가장 많은 공간을 차지하고 있는 것은 바로 소주병이었다. 정리되지 않은 병들은 여기저기 흩어져 그가 앉을 틈조차 주지 않았다. 썩은 냄새가 방 안에 진동했다.

그는 아무렇지 않다는 듯 행동하며 빈 병을 발로 밀어 버리고 벽에 기대어 앉았다. 정면에 자리 잡은 TV는 액정이 깨져 있었다. 아래 파편들이 있었지만, 그는 치우지 않았다. 그저 멍하니 나오지 않는 TV만을 응시했다.

그의 집은 가게 옆 원룸이었다. 가족이란 울타리를 지윤이가 거부했다. 엄마 말고는 누구의 접근도 허락하지 않았다. 그를 보는 순간 지윤이는 경기하며 고함을 질렀다. 오들오들 떨며 발작을 일으키는 일도 있었다. 스스로 자해를 하며 고통으로 두려움을 억누르기도 하였다.

여덟 살 아이의 행동이라고는 너무 극단적이면서 괴기스러웠다.

그 모습에 두려움을 느낀 것은 지윤아빠나 지윤엄마도 마찬가지였다. 끝내 지윤엄마가 지윤아빠에게 접근금지령을 선고했다. 가정의 울타리에서 그는 완벽하게 추방당한 셈이었다.

가게 근처의 원룸으로 이사한 지 벌써 5개월이 넘어갔다. 지윤이와 지윤엄마가 정신과를 찾을 때면 두 시간 넘게 병원에 머물러 있었고, 그렇게 5개월이 넘어가고 있었다.

지금으로서는 최선의 선택이라 모두가 말했다.

그는 5개월이 조금 넘는 시간을 돌아보며 소주로 가슴을 소독했다. 기억하지 않으려 해도 자꾸만 아른거렸다. 눈을 감아도, 눈을 뜨고 있어도, 기억은 그를 놔주지 않았다. 소주를 쉬지 않고 들이부어야 머리는 제 기능을 상실하고 기억을 조금 잊었다. 오늘도 어김없이 찾아왔다. 그날의 기억. 죽음조차 지울 수 없을 것 같은 악몽과도 같았던 기억……. 아! 과연 그 누가 잊을 수 있을까? 자신의 모든 것을 쏟아부어도 아깝지 않을, 희생이라는 단어가, 영원이라는 단어가 가장 어울리는 사랑에 난 상처를 과연 그 누가 잊고 지낼 수 있을까?

지윤아빠는 제발 기억이 자신을 떠나갈 수 있게, 자신이 하루라도 빨리 벗어날 수 있게 해달라 기도하고 기도하며 숨 쉴 틈도 없이 술을 들이켰다. 임시적인 기억의 소멸은 오늘도 그에게 필요했다. 다만 조금의 부작용이 나타날 뿐이다. 기억을 완전히 잃어버리기 전까지, 머릿속에는 그날의 생생한 기억이 떠오른다. 빨리 취해야 한다. 빨리 정신줄을 놓아버려야 한다. 그는 술안주를 눈물로 대신하며 소주를 들이켜고 들이켰다.

이틀이 지나도 돌아오지 않는 지윤이 때문에 그와 아내는 잠을 이룰 수 없었다. 처음 하루는 열 번도 넘게 파출소로 출근했다. 그와 아내는 파출소 앞에서 울기도 하고 화를 내기도 했다. 여기저기 친인척들에게 전화를 하여 모든 가족이 지윤이를 찾기 위해 다리를 혹사시키도록 했다. 처음 파출소에서는 단순한 일로 생각했지만, 시간이 지날수록 귀가가 늦어지는 지윤이를 찾기 위해 모두 함께 거리로 나갔다. 경찰들은 각자 무전을 애타게 기다렸지만 끝내 지윤이를 찾았다는 말은 들려오지 않았다.

모두 지윤이를 생각하며 이리저리 미친 듯 돌아다녔다.

머리가 희끗한 중년의 경찰은 조카를 찾는 심정으로, 아직 의경인 젊은 청년은 동생을 찾는 심정으로, 30대 중반의 경찰은 자신의 딸을 찾는 심정으로, 지윤엄마와 지윤아빠는 이 모든 감정의 몇 배가 되는 간절함으로. 모두가 무사하길 기원하고 기도했다.

사람들은 자꾸 시계를 들여다보았다. 저녁 10시가 넘어가고 있었다. 시간이 흐를수록 빨라지고 급박해졌다. 이리저리 아는 사람들에게 전화를 하며 다리를 쉬지 않고 움직였다. 아침이 될 때까지 단 한 명의 직원만 파출소를 지켰다.

사람들은 하나가 되었다. 지윤이, 지윤이만을 간절하게 원했다. 두 눈도, 입도, 다리도 오로지 지윤이만을 찾았다. 하지만 끝내 지윤이를 찾을 수 없었다. 시간은 그들을 기다려주지 않았다. 자정이 넘어가자, 여느 때와 다름없이 그들에게 새로운 하루가 찾아왔다. 시간이 멈춰버리길 바랐던, 하루가 오지 않기를 바랐던 모든 이에게 시곗바늘은 참혹함을 안겨주었다.

　모든 이들의 마음과는 다르게 푸르른 저녁이었고, 새벽 하늘은 맑았다. 모두의 눈은 충혈되었지만 머리는 여전히 자고픈 마음과 퇴근하고픈 마음보다 지윤이를 찾는 데에 함께하고 있었다. 자정을 넘기고 나서부터는 옆 동네 파출소에서도 함께 지윤이를 찾았다. 총 일곱 대의 순찰차가 거리를 이 잡듯이 돌아다녔다. 시간이 조금씩 흘러감에 따라 순찰차는 세 대로 줄어들었다. 눈으로만 지윤이를 찾던 사람들이 어느새 입을 벌려 지윤이를 부르고 있었다. 하지만, 그 누구에게서도 지윤이를 찾았다는 무전은 들려오지 않고 그렇게 아침이 밝아왔다.

　여러 명의 경찰이 침통한 마음으로 파출소에 모여 있었다. 아침잠을 쫓는 커피도 오늘만큼은 필요치 않았다. 중년의 경찰이 경찰서에 연락을 취했다. 수화기 너머에서 누군가의 목소리가 들려오자 중년의 경찰은 낮고 침울한 목소리로 말했다.

"여덟 살 아이가⋯⋯."

중년의 경찰은 말을 이어가지 못하고 침을 꼴깍 넘겼다. 제발 실종이 아니길 바랐기에, 그저 지윤이가 길을 잃어버린 해프닝이길 바랐기에⋯⋯. 누구도 고개를 들지 못했다. 모두가 숨을 죽이고 하나둘 다시 밖으로 나갔다. 그저 중년의 경찰에게 이 소름 끼치는 상황을 떠넘기고 있었다. 그들은 실종이라는 단어를 외면하고 있었다.

혼자 남은 중년의 경찰이 마른입으로 말했다. 입술이 심하게 떨렸다.

"여덟 살 아이가 실종됐다. 지원을⋯⋯ 지원을 부탁한다. 지금 당장, 지원을 부탁한다. 다시 한 번 반복한다. 여덟 살 아이가 실종됐다. 모두 지원을 부탁한다."

수화기 너머에선 아무 말도 들려오지 않았다. 당혹감일까? 불안이 엄습해서일까? 중년의 경찰이 계속 반복하며 소리쳤다.

"당장 지원하란 말이야! 아이가 없어졌다고! 아이가, 여덟 살밖에 안 된 아이가 사라졌단 말이야! 당장 달려와! 누구라도 제발…… 제발 달려오란 말이야. 제발…… 여덟 살 아이야. 아직 세상도 모르는 여덟 살 아이라고……. 달려와. 제발……. 지원 좀…… 부탁……해.”

중년의 경찰은 수화기 너머로부터 목소리를 기다렸다. 긴 한숨 소리와 함께 아! 하는 짧은 소리가 전해졌다. 탄식은 비통함을 가득 담고 있는 절망의 소리였다.

“바로…… 지원하겠습니다. 아이, 무사할 겁니다. 바로, 보내겠습니다. 지금 바로…….”

경찰은 수화기를 내려놓을 수 없었다. 지금 자신의 모든 희망은 수화기였다. 상대방 역시 마찬가지였다. 말이 필요 없었다. 지금 필요한 것은 누군가에게 기델 수 있는 의지였다.

중년의 경찰이 파출소 밖을 내다보았다. 날이 밝아오는 것에 절망을 느낀 적은 처음이었다. 만취 상태의 사람들과 씨름하고 온갖 자질구레한 민원을 처리하는 이 공간에서 벗어나야 한다는 순간이 오늘만큼은 저주스러웠다.

“벌써 아침인가?”

중년의 경찰이 중얼거렸다.

“아침이네. 벌써 해가 밝았어. 아침이야. 해가 밝았는데 아이는…… 아이는…… 도대체 어디에 있는 거……야."

상대는 듣기만 했다. 얼마나 지났을까? 교대를 위해 경찰들이 출근했다. 출근길에 상황을 미리 들은 직원들은 오자마자 인사도 않고 지윤이의 이름을 부르며 거리로 뛰쳐나갔다. 그 모습을 멍하니 바라보던 중년의 경찰이 수화기를 천천히 내려놓았다. 그 역시 파출소를 뛰쳐나갔다. 여느 누군가와 다를 바 없이 지윤이를 부르며 거리를 방황했다.

지윤아빠는 지윤이가 자주 간다는 문방구를 찾았다. 이른 아침 아직 열리지 않은 문방구 문을 두드리며 사람을 불렀다. 주인이 안에서 문을 열지 않고 "누구세요?"라고 물었다. 그는 "지윤이 아빠입니다. 지윤이 있나요?"라며 앞뒤 설명도 빼먹고 물었다. 주인은 무슨 영문인지 몰라 고개를 갸웃거렸다. 하지만 건너편에 있는 그의 목소리를 듣고 자신도 모르게 문을 열어줬다. 울상이 된 얼굴, 그의 절실한 모습이 앞뒤 이야기를 대신하고 있었다. 그가 들어오자마자 사진을 내밀었다. 주인에게도 익숙한 얼굴이었다. 지윤이의 사진을 보자마자 떠오르는 모습이 있었다. 주인은 "아! 혹시 매일 핑크색 가방 메고 등교했지요?"라고 물으며 사진을 자세히 바라보았다. 그의 눈이 동그랗게 변하며 "네! 맞아요!"라고 대답했다. 주인은 곰곰이 어제의 일을 떠올려보았다. 자신도 모르게 고개를 절레절레 흔들었다.

"어제는 안 왔던 것 같아요. 미안해요."

주인은 이야기를 하며 지윤아빠에게 음료수를 건넸다. 지윤아빠는 멍한 표정으로 주인의 성의를 무시한 채 천천히 돌아섰다.

지윤아빠가 문방구를 빠져나와 다시 거리로 향했다. 지윤이가 다니는 학원 화장실을 찾았다. 어제 수십 번도 더 왔다간 곳이었다. 그는 안으로 들어가자마자 "지윤아!" 하고 소리쳤다. 아무런 소리도 들려오지 않는 화장실 문을 일일이 열어보고 나서야 발걸음을 돌렸다. 걷고 걸었다. 출근 시간으로 분주한 사람들 사이로 계속 지윤이를 불러댔다. 사람들이 그에게 잠시 시선을 두었지만 이내 제 갈 길로 바삐 걸어갔다. 그는 수도 없이 뛰어다닌 동네를 계속 돌고 돌며 소리쳤다. 사람들의 시선은 어김없이 잠시 그에게 멈췄지만 모두가 측은한 표정으로 돌아섰다. 그는 지나가는 사람들 중 단 한 명이라도 "지윤이요?"라고 말하며 자신에게 다가와주길 원했다. 다리가 풀리며 어지러움을 느꼈지만 몸은 쉬지 않았다. 무의식적으로 고함을 지르며 사람들을 돌아봤다. 그 누구도 그에게 말을 걸지 않았다.

그가 집 앞에 주차장을 돌아보고 있을 때, 비로소 정신이 돌아왔다. 그곳에 지윤엄마가 자신과 같은 모습으로 지윤이를 찾아 헤매고 있었다. 아내는 흐느끼며 텅 빈 지하주차장 안을 뭐에 홀린 사람처럼 돌아다녔다. 그녀는 "지윤아…… 지윤아……." 눈물과 함께 계속 불러댔다. 그 모습을 바라보던 지윤아빠가 성큼성큼 다가왔다.

"애가 어디에 있는지도 모른다는 게 말이 돼! 당신 집에서 뭐 하고 있었던 거야!"

고함이 주차장 안에 메아리쳤다. 양팔을 붙들린 상태에서도 지윤엄마는 고개를 이리저리 돌리며 지윤이만을 불러댔다.

지윤아빠가 세 시간 동안 문방구만 열일곱번째 찾아왔을 때였다. 전화벨이 울렸다. 지윤엄마였다. 그는 빠르게 전화를 받아 "찾았어?"라고 물었다. 수화기 저편에서 "지윤이가…… 지윤이가……."라는 소리만이 들려왔다. 그가 "찾았냐고! 어떻게 된 거야!" 하고 버럭 화를 냈다. 그의 다리는 파출소를 향해 뛰어가고 있었다. 계속된 울음에 그는 수화기를 귀에 대고 중얼거렸다.

"살아만 있어라. 살아만 있어라. 어떤 경우도 괜찮으니까 살아만 있어라."

점점 그의 다리가 빨라졌다. 숨이 차오르고 얼굴이 일그러졌다. 울먹임과 함께 간절함을 내뱉었다.

"살아 있어야 돼. 살아 있어야 돼. 우리 지윤이 살아 있어야 돼!"

벅차오르는 수많은 감정이 땀과 눈물로 쉴 새 없이 흘러내렸다.

"지윤아, 아빠가 많이 보고…… 싶다."

24시간도 안 되는 시간. 그는 지윤이가 지독하게 그립고 두려웠다.

눈물범벅이 된 그가 파출소에 도착했다. 그를 보자마자 지윤엄마가 품에 안기며 쓰러졌다. 앞으로 남은 지옥보다 더 큰 괴로움을 그에게 떠넘기듯이. 지금까지 그녀를 견디게 한 것은 모정이라는 끝없는 정신력이었다. 그는 '괜찮아?'라는 물음 대신 "찾았어요?"라고 물으며 경찰들을 바라보았다.

경찰들은 아무런 말도 없이 고개를 숙이고 있었다.

지윤엄마를 부축해서 구급차로 데려가는 119구급대원에게 다시 물었다.

"찾았어요?"

구급대원 역시 아무런 말 없이 조용히 지윤엄마만을 데리고 발걸음을 돌렸다.

답답함은 곧 무력으로 돌변했다. 그는 자신의 주위에 머물러 있는 경찰들 중 가장 젊은 사람의 멱살을 잡았다. "살았냐고! 어떻게 됐냐고!" 소리치며 마구잡이로 팔을 흔들어댔다. 멱살을 잡힌 의경은 아무 말 없이 눈시울만 붉힐 뿐이었다. 한 동료 경찰이 그를 제지하며 말했다.

"살아 있습니다. 지금 병원에 있습니다."

그제야 그의 손이 힘없이 풀리며 말을 꺼낸 경찰을 바라보았다.

"어디에 있습니까? 별일 없지요? 탈진, 뭐 그런 거죠? 어디 아픈 거 아니죠?"

총알같이 쉴 틈 없는 질문에 경찰들이 다시 침묵했다. 그의 다리가 풀렸다. 조금 전까지 살아만 있어 달라고 외쳤던 남자는 존재하지 않았다. 그는 주저앉은 채 곁에 있던 경찰의 손을 본능적으로 찾았다. 누군가의 의지가 필요했다. 생전 본 적도 없는 경찰의 손을 꼭 쥐며 간절하게 상대의 말을 기다렸다.

"아이, 보셔야 하지 않겠습니까?"

손을 잡힌 경찰이 말했다.

"아니요, 아직. 아내와 함께 보겠습니다."

그가 말했다. 하지만 잠시 후 이내 고개를 절레절레 흔들며 다시 말했다.

"아니, 같이 봐주시겠어요? 저랑 같이 봐주시겠어요?"

간절한 목소리가 경찰에게 전해졌다. 중년의 경찰은 그의 손에 힘을 전했다.

"제발, 같이 봐주세요. 제발, 저와 함께 가주세요. 혼자는 볼 수 없을 거 같아요. 제발 저와 함께 가주세요. 제발, 제발……."

그가 아이처럼 울음을 터트렸다. 곁에 있던 사람들의 눈에도 눈물이 고였다. 그는 절규하며 미친 듯이 경찰의 손에 의지했다. 경찰의 손도 어느새 떨려오고 있었다.

모두가 고개를 돌렸다. 지윤아빠를 쳐다볼 용기가, 아빠라는 수식을 가진 모든 이들에게 절실했다. 생각만 해도 온

몸에 소름이 돋는, 다리에 힘이 풀리고 아득해지는, 심장이 멈춰버릴 것 같은 두려움. 지금 주위의 모든 사람들은 지윤 아빠와 같은 감정을 느끼고 있는 것이다.

어느 순간이었을까? 한 의경이 그에게 천천히 다가왔다. 눈물을 뚝뚝 흘리며 다가온 의경이 그의 어깨에 손을 올렸다. 한 손으로 눈물을 닦으면서 지윤아빠의 어깨에 강한 힘을 전달했다. 젊은 의경의 모습에 용기를 냈던 것일까? 그의 주위로 경찰들이 다가왔다. 경찰들이 그의 어깨에, 등에 손을 올렸다. 뭐라 표현해야 맞는 감정일까? 세상의 단어로 이 고귀한 감정에 대한 표현을 우리는 과연 할 수 있을까? 죽음 앞에 선 사람에게 행하는 예의보다 고귀하고 아름다웠다. 위로, 그것을 초월한 공감. 공감을 넘어선 무언가를 그들은 함께 나누기 시작했다. 수많은 경찰들이 지윤아빠를 에워쌌다. 마치 가슴으로 상처받은 그의 가슴을 안아주려 하는 것 같았다. 세상이 사라지고 사람이 사라진다 하더라도 잔류하는 무언가와 같은 느낌이었다.

하지만, 슬픔은 조금도 줄어들지 않았다. 가슴을 찢어버리는 사납고도 매서운 바람은 가장 아름다운 행위 속에서도 거침없이 몰아쳤다. 그놈의 더러운 욕망은 모든 아름다움을 무용지물로 만들었다. 가장 아름답고 고귀한 사람, 모든 이를 웃게 만들 수 있는 마법을 가진 천사, 인간이 가질 수 있는 최고의 아름다움을 간직한, 욕심이라고는, 더러운 그 무엇도 없는 순수 백색의, 천사보다 깨끗한…… 아이, 자식이다. 그놈은 신이 인간에게 준 최고의 선물을 처참하게 망가뜨렸다. 그 안의 모든 사람이 진심으로 원하고 애원했다.

"신이 있다면, 용서하지 마라. 정말 신이 존재한다면, 그놈을 절대 용서하지 마라."

신이 지금 이 시대를 살고 있었다면, 과연 원수를 사랑하라는 말을 할 수 있었을까?

지윤이는 중환자실에 누워 있었다. 그는 정신을 잃은 지윤이에게 다가갔다. 최대한 진정하고 가장으로서의 강인함을 보이려 했다. 하지만 지윤이와 가까워질수록 육체와 모든 감성의 기관들은 와르르 무너지며 고장을 일으켰다.

병원으로 오는 도중 경찰에게 자초지종을 들을 수 있었다. 그는 충격으로 눈을 감았다 뜨기를 여러 번 반복했다. 심장이 멎어버리고 정신이 아찔해지는 순간이 한두 번이 아니었다. 파출소부터 그의 손을 잡고 있던 경찰은 최대한 대략의 상황만을 설명하려 애썼다.

"경찰들이 선생님 댁 주위 CCTV를 모두 확인한 뒤 찾을 수 있었습니다. 어제 용의자로 추정되는 한 남성이 아이를 데리고 가는 장면이 목격되었고, 아이는 CCTV가 마지막으로 녹화된 지점으로부터 멀지 않은 원룸에서 발견되었습니다. 곧바로 병원으로 이송해서 생명에는 큰 지장이 없지만 수술을 해야 한다고 합니다. 자세한 내용은 의사에게 여쭤보는 것이 좋을 것 같습니다."

구체적인 상황 설명을 의사에게 미루고 있었다. 그의 손이 심하게 경련을 일으키자 경찰은 더욱 세게 손을 잡아주었다. 서로의 땀이 배어 나왔지만, 그들은 손을 놓지 않았다. 중환자실에 도착해서도 경찰은 여전히 그를 지켜주고 있었다.

만약 아기 천사가 잠들었다면 지윤이 같은 모습일까? 앞니가 빠진 지윤이는 살짝 입을 벌리고 곤히 잠들어 있었다. 지윤이의 앞니는 며칠 전 그가 직접 뽑아주었다. 이 빼기 싫다며 우는 지윤이에게 갖고 싶다는 인형을 사주기로 몇 차례 약속을 하고서야 겨우 뽑을 수 있었다. 지윤이는 이를 뽑은 후 오랜 시간 펑펑 눈물을 쏟아냈다.

그 정도로 겁이 많은 아이였다. 잠이 들기 전까지 불을 켜놓아야 했고, 일주일에 서너 번은 새벽 시간에 아빠의 품으로 들어왔다. 비가 오는 날이면 혼자 재울 생각은 꿈에도 하지 않았다. 지윤이 방 바로 옆에 화장실이 있었지만, 항상 화장실보다 먼 안방에 들려 엄마와 함께 화장실을 가던 아이였다.

그런 지윤이가 지금 울지 않고 잠에 빠져 있다. 천사도 이보다 예쁠 수 없을 것이다. 지윤이의 잠들어 있는 모습은 천상에서 창조한 최고의 아름다움이었다.

지윤이는 주사와 병원을 정말 무서워했다. 주삿바늘만 보아도 질겁했으며, 병원에 가자는 말만 들어도 엄마 아빠의 품을 찾는 아이였다. 그런 지윤이의 팔에 링거 바늘이 꽂혔다. 세상에서 가장 무서워하던 바늘이 꽂혀 있는 데도 지윤이는 새근새근 잘도 자고 있다.

지윤아빠의 손이 경찰의 손을 더욱 힘차게 쥐었다. 지윤이를 바라보던 경찰의 눈에서 한 줄기 눈물이 흘러내렸다. 지윤이를 바라보고 있자니 자신도 모르게 도저히 참을 수 없는 극한의 서러움이 밀려왔다. 오히려 눈물을 참고 견뎌내는 쪽은 지윤아빠였다.

경찰은 지윤아빠의 아랫입술에서 피가 흐르는 걸 보고 나서야 고통을 알 수 있었다. 그는 지윤이 앞에서 무너질 수 없었다. 인정하기가 싫었다. 지금 지윤이의 모습을 강하게 거부하고 싶었다. 참아야 한다. 이를 악물고 참아내야 지금이 현실이 아니라고 최면을 걸 수 있다. 눈물은 이 모든 상황을 인정하는 바보 같은 짓이다. 하지만 경찰과 지윤아빠의 머릿속에는 같은 생각뿐이었다.

경찰은 애가 무서움을 잘 탄다며 구구절절 이야기하던 지윤아빠가 떠올랐다. 지윤아빠는 어제 이야기한 장면들을 하나하나 생각하기 시작했다. 속으로 그렇게 발악하고 발악했건만, 지윤아빠는 아이가 자고 있는 모습을 보니 모든 다짐이 무너져 내리고 있었다.

공포가 얼마나 컸으면 지윤이는 어떻게 자신이 가장 무서워하는 바늘 앞에서 저렇게 태연한 것일까? 어제의 일이 얼마나 끔찍했으면 모든 것을 잊고 저렇게 곤한 잠을 청할 수 있는 것일까? 어젯밤의 기억이 얼마나 지독했으면 본능적으로 의사 선생님 곁이 안전하다는 것을 알고 저렇게 천사 같은 모습을 하고 있는 것일까?

지윤아빠가 떨리는 손으로 지윤이의 얼굴을 어루만지려

했다. 아주 천천히 얼굴로 다가가던 손은 끝내 제자리로 되돌아왔다. 있는 힘을 다해서 지윤이를 안아주고 싶었다. 얼굴을 어루만지며 지윤이가 살아 있다는 것을 느끼고 싶었다. 지윤이의 체온을 느끼며 안도의 한숨을 내쉬고, 감겨 있는 눈에, 아직 어제의 고통으로 고스란히 남아 있는 눈물자국을 닦아주고 싶었다. 하지만 안 된다. 이 모든 부정을 억눌러야 한다. 지윤이가 잠에서 깨어나는 것이 두려웠다. 잠에서 깨어나 자신을 바라보는 지윤이의 눈을 감당할 자신이 없었다. 어떤 말을 해야 하는지, 어떻게 지윤이를 봐야 하는지도 생각나지 않았다. 이 같은 억울함이 또 있을까? 눈에 넣어도 아프지 않을 자식을 만져보지도, 안아보지도 못하는 이런 억울함이 어디에 또 존재한단 말인가! 지윤아빠는 주먹을 불끈 쥐고 억울한 이 상황을 버텨내야 했다. 말도 안 되는 상황, 존재할 수 없는 이 상황을 한계를 뛰어넘는 인내와 이성으로 참아내야 했다.

그놈은 아빠의 당연한 사랑표현 권리마저 빼앗아가버렸다.

의사를 만났다. 여전히 그는 경찰의 손을 잡고 있었다.

낯선 사람들끼리 손을 잡은 어색함 따위는 없었다. 지금은 그저 서로가 힘이 되고 위로가 된다는 것이 다행이라는 생각뿐이었다.

의사의 표정은 어두웠다. 하지만 상태를 물어야 했다. 몇 번의 망설임과 용기에도 지윤아빠의 입은 쉽사리 열리지 않았다. 두려웠다. 어떠한 상황인지 이미 머리가 이해하고 있었다. 꽤 큰 수술일 것이며 무슨 일 때문에 그런 수술을 받아야 되는지도 충분히 인지하고 있었다. 그런데도 입은 떨어지지 않았다. 알고 있지만 부정하고 싶었다. 의사의 입에서 확신이 떨어지는 순간 무너질 것 같았다. 희망도, 겨우 붙잡고 있는 설마라는 단어조차 멀리 떠나버릴 것 같았다.

의사도 입을 열 수 없었다. 많은 환자를 만나왔고 죽음의 판결도 내려봤다. 30년이 넘는 시간 동안 자신의 말 한마디에 많은 사람이 좌절했었다. 하지만 후회한 적은 없었다. 환자로서, 보호자로서 당연히 알아야 할 권리라 생각했다. 또한 그로 인하여 삶의 소중함을 깨닫고 후회 없이 남은 여정을 보낼 수 있을 거라 확신했다.

그러나 이번에는 다르다. 분명 다르다. 삶의 소중함도, 알 권리 따위도 필요 없다. 지금 당장 거짓을 말하고 싶은 마음뿐이었다. '괜찮습니다. 아이는 아무 일도 당하지 않았고 약간의 정신적 쇼크만 있을 뿐입니다.'라고 웃으며 말해주고 싶었다.

　그는 처음으로 환자에게 미안함을 느끼고 있었다. 미안함을 넘어 죄책감이 엄습했다. 왜 나에게 이런 일이 생기는지 하늘을 향해 원망을 말하고 싶었다. 좁은 교수실에는 냉기만이 흘렀다. 의사의 시선은 경찰과 마주 잡은 지윤아빠의 손으로 옮겨졌다. 그 모습을 보니 더욱 입을 열 수 없었다. 의사의 눈에는 지윤아빠가 잡고 있는 손이 절벽에 떨어지고 있는 사람에게 마지막으로 남겨진 밧줄과도 같아 보였다.

　식은땀 때문에 안경테가 콧등 아래로 흘러내렸다. 손으로 안경테를 올리는 일조차 지윤아빠 앞에서는 신경이 쓰였다. 의사가 경찰을 바라보았다. 경찰에게 대신 일을 떠넘기고 싶은 마음뿐이었다. 경찰은 의사의 눈을 피해 시선을 아래로 내렸다. 제발 이 잔인한 상황을 자신에게 떠넘기지 말라는 무언의 메시지를 의사에게 전하고 있었다. 침묵이 계속되었다. 이 상황이 불편했던 지윤아빠가 상처 난 아랫입술을 다시 깨물었다. 이내 결심을 한 그가 입을 열었다.

"어떤 수술을 받아야 되는 겁니까? 얼마나 큰 수술입니까?"

어떤 말을 해야 할까? 의사는 지금의 상황에서 가장 적절한 답을 찾아줄 사람은 소설가나 시인일 뿐이라 생각했다. 자신의 말은 지윤아빠에게 상처만을 줄 뿐이었다.

의사가 입을 열려다 다시 닫았다. 있는 힘을 다하여 다시 입을 열었지만, 떨리기만 할 뿐 말은 새어 나오지 않았다. 그 누구도 의사의 대답을 재촉하지 않았다. 교수실은 재깍재깍 벽에 걸린 큼직한 시계가 움직이는 소리 이외에는 모든 소리를 거부하고 있었다. 의사는 수십 번도 넘게 침을 꿀꺽 넘겼을 때였다. 드디어 떨림과 함께 목소리가 밖으로 나왔다.

"국부와 항문 손상이 심각합니다. 오늘 중으로 수술에 들어갈 겁니다. 수술 후엔 인공항문으로 생활을 해야 합니다. 그게 가장 최선의 방법입니다."

대답은 짧았다. 의사는 '아동의 경우 성적 학대를 당하게 되면 장기 쪽 손상이 아주 심각합니다.'라는 말을 덧붙이려다 그만두었다. 자신의 입으로 그런 말을 꺼낸다는 것 자체가 범죄를 저지르는 느낌이었다. 수술 도중 환자의 사망을 알리는 일보다 더 지독했다.

지윤아빠는 결국 이를 악물고 겨우겨우 참아내던 눈물을 주룩주룩 쏟아냈다. 인정할 수밖에 없었다. 지금까지 모든 걸 거부했지만, 이제 모든 것을 인정해야만 했다. 그의 가슴은 조난당한 난파선이 폭풍우에 허우적거리는 것과 같았다. 모든 걸 인정해야 하는 자신을 용서할 수 없었다. 용서? 너무 거창한 단어이다. 저주하고 싶다. 자신을 저주하고 증오하고 싶은 마음뿐이었다.

그는 숨이 넘어가는 울음 속에 고통의 소리를 내뱉었다.

"차라리 죽어버리지. 차라리 죽어서 다 잊어버리지. 어떻게 평생을 기억하며 살아간단 말이야. 잔인하다. 정말 잔인하다. 신이 있다면…… 이렇게 살게 놔두지는 않았을 거다. 신이 있었다면, 우리 지윤이 데려가서 행복하게 살 수 있게 해줬을 거다. 앞으로 신을 평생 저주할 테다. 차라리 우리만 평생 간직하고 살게 하지. 차라리 우리만 아픔으로 하루하루 살게 하지. 정말 신이…… 원망스럽다."

그의 손이 경찰에게 아주 강한 힘을 전했다. 조금 전까지와는 사뭇 다른 느낌이 경찰에게 전달됐다. 그는 다른 한 손으로 눈물을 훔치며 매서운 눈초리로 경찰을 쏘아보았다.

"이봐요. 절대 그 개자식 잡지 마세요. 내가 잡아서 찢어 죽여버릴 테니까. 내 손으로 갈가리 찢어 죽여버릴 테니까. 만약 어디 있는지 안다면, 잡지 말고 나한테 말해요. 그 개자식이 감옥에 있는 동안 이 화를 견뎌낼 자신이 없습니다. 정말 죽일 테다. 세상에서 가장 잔인하게 죽여버릴…… 테다."

경찰이 그를 안았다. 매서운 눈은 그저 위장이었다. 그는…… 슬픔의 처량한 광기로 스스로를 방어하려 하고 있었던 것이다.

의사도 자리에서 일어나 그를 안았다. 아무 말도 필요 없었다. 어떤 위로도 감히 그에게 위안을 주지 못했다. 그게 최선의 방법이었다. 아니, 지금의 행동은 자식을 가진 모든 자들의 부정과 모정이 만들어내는 본능이었다.

지윤엄마가 곤히 잠든 지윤이를 바라보았다. 한참 동안 사랑 가득한 눈빛으로 지윤이를 바라보던 그녀가 휴대폰 시계를 확인했다. 정확히 새벽 3시를 알리고 있었다. 넓은 아파트는 침울함만이 가득했다. 지윤엄마는 벌써 5개월이 넘는 시간을 이렇게 뜬눈으로 밤을 지새우고 있다. 잠을 자려는 순간 불안함이 찾아온다. 그 일이 있은 뒤, 항상 지윤이 곁을 지키며 낮이 되어야 겨우 수면제를 삼켜 세 시간의 수면만을 취한다. 잠시 자는 동안에도 지윤이에게 엄마 손을 잡고 누워 있으라 했다. 간혹 지윤이의 체온이 느껴지지 않을 때면 눈이 절로 떠져 한 시간도 잠을 청하지 못했다. 이렇게 지윤이 침대 밑에 쭈그리고 앉아 밤을 지새울 때마다 울화통이 터져 심장이 심하게 요동쳤다.

지윤이 배꼽에는 항문을 대신하는 주머니가 채워졌다. 그 모습을 바라볼 때마다 답답함이 가슴을 짓눌렀다. 답답함만이 그녀를 괴롭힌다면 그나마 다행일 것이다. 세상 모든 괴로운 감정이 그녀의 주변을 떠나지 않았다.

하루에 두 번 그녀는 직접 지윤이의 주머니를 갈아주었다. 더불어 또 하나의 걱정이 늘었다. 이 주머니가 계속 지윤이의 곁에 머물러 있는 한, 그놈의 기억은 지윤이에게서 떠나지 않을 것이다. 사춘기가 찾아오면 심한 우울증에 죽음을 생각할 수도 있다는 두려움이 그녀를 엄습했다.

어떻게 해서든 지윤이에게 밝은 모습을 보여주려 했다. 지윤이가 좋아하는 인형도 사주고 정신과에서 선정해준 재미있는 책들을 읽어주기도 했다. 곁에 있으면서 지윤이가 하고 싶은 것이 있다면 무조건 함께했다.

지윤이는 그녀의 노력을 아는지 점차 안정적인 모습을 찾아가는 듯했다. 웃기도 하고 놀이터에 함께 나가기도 했다. 그럴 때마다 그녀는 조금씩 예전과 같은 생활을 꿈꾸기도 했다.

어느 날, 그런 그녀의 기대가 무참하게 깨졌다. 불과 며칠 전이었다. 인형놀이를 하는데 지윤이가 남자인형을 던져버리는 것이었다. 씩씩거리던 지윤이가 남자인형을 무섭게 노려보았다. 그녀는 서늘함을 느꼈다. 어떻게 행동해야 할지 당황스러웠다. 손발이 떨려오고 온몸의 근육들이 수축되며 오그라들었다.

두려움인지 안타까움인지 모를 눈물이 쏟아지려 했다. 그녀는 두 손을 힘껏 쥐고 참고 참았다. 눈물을 보이면 안 된다는 알 수 없는 가슴속 외침 때문이었다.

그녀는 "지윤아? 인형 던지면 안 되지. 멋진 왕자님이잖아."라고 말했다. 최대한 부드럽고 침착하게 말했지만 소리의 떨림이 그대로 지윤이에게 전해졌다. 지윤이는 아무 말도 하지 않았다. 그녀는 눈물을 삼키려 계속 침을 꼴깍 삼켰다.

그녀는 다시 웃으며 "지윤아? 우리 인형놀이 재미없으

니까 맛있는 거 먹을까? 뭐 먹을까? 우리 지윤이 좋아하는 피자 먹을까?"라고 물었다. 지윤이는 계속해서 남자인형만을 노려보고 있을 뿐이었다.

보다 못한 그녀가 지윤이를 번쩍 안아들었다. 지윤이의 시선을 분산시키기 위해 동요를 틀어놓고 이리저리 움직이며 춤을 췄다. 지윤이가 좋아하는 개그맨 흉내를 내며 노래를 따라 부르기도 하였다. 30분이 넘는 시간을, 땀범벅이 되도록 지윤이에게 웃음을 주려 필사의 노력을 했다. 숨이 가빠 심장이 빨리 뛰는 것이 아니었다. 몸이 지쳐서 초조함을 느끼는 것도 아니었다. 오로지 지윤이가 웃지 않는 것에 심장이 빨리 뛰고 초조함이 찾아오고 있었다.

"엄마, 피자 먹자. 배고파."

지윤이가 말을 꺼내고 나서야 그녀의 모든 신체 기능과 감정이 간신히 제자리로 돌아왔다.

오늘도 피곤한 몸으로 그녀는 지윤이를 지키고 있다. 인터넷 선은 잘라버렸고 TV는 어린이방송을 빼고는 모두 삭제했다. 뉴스를 보는 일이 힘겹고 두려웠다.

그녀가 지윤이를 바라보며 조심스럽게 얼굴을 쓰다듬었다. 곱고 고운 피부, 동그란 눈과 예쁜 입술. 세상에서 가장 아름다운 딸이 더럽고도 더러운 그놈에게 욕보였다는 사실이 믿겨지지 않았다. 이렇게 예쁘고 고귀한 내 딸이 그놈의 잔악한 욕구로 인해 순결을 빼앗겼다는 사실을 차마 믿을 수 없었다.

그놈이 지윤이에게 몹쓸 짓을 한 지 사흘 만에 경찰들에게 포위되어 잡혔다. 집도 절도 없었던 그놈은 범행장소 주변을 배회하다 경찰들의 검문에 걸려들었다. 그놈이 저항하면서 경찰 한 명이 부상을 당했다. 무력진압으로 겨우 체포한 그는 당당하게도 진술과정에서 지윤이도 좋아했다고 말했다. 유치장에서 밥도 잘 먹고, 자신이 행한 더러운 짓을 다른 범죄자들에게 떠벌렸다 했다. 범죄자들은 그놈의 이야기에 웃기도 하고 호기심을 보이기도 했다고 한다. 그녀는 기사를 보자마자 주방으로 달려갔다. 가장 날이 잘 서 있는 식칼을 골라 그놈이 머물고 있는 경찰서로 향했다. 보초를 서는 의경이 그녀를 막았지만 모정의 힘을 막을 순 없었다. 그녀는 칼을 휘두르며 거침없이 경찰서 안으로 향했다. 형사계를 찾은 그녀가 있는 힘껏 문을 열었다.

"그 새끼들 어디 있어! 그 새끼들 귀를 다 잘라버릴 거야. 어디 있어!"

괴성을 지르는 그녀에게 안에 있던 모두의 시선이 모아졌다. 칼을 쥐고 있는 그녀의 손이 부르르 떨려오고 있었다.

난동을 부리는 그녀를 그 누구도 만류할 수 없었다. 그녀의 터질 듯한 심정을 너무 잘 알고 있는 형사들이었다.

계속되는 그녀의 행패에 한 형사가 나서서 그녀를 진정시켰다. 그 모습을 지켜보던 반장은 자리를 박차고 나가 유치장으로 향했다. 유치장으로 들어선 반장은 다른 경찰의 저지에도 그놈이 갇혀 있는 철창문을 열었다. 그놈은 태연하게 잠을 청하고 있었다. 반장은 자고 있는 그놈을 냅다 걷어찼다. 억! 소리와 함께 그놈이 깨어났다. 반장은 복부를 잡고 데구루루 구르는 그놈의 손에 수갑을 채웠다.

"이 개자식아! 지금 자빠져 잘 상황이냐?"

반장은 공을 차듯 그놈의 온몸을 발로 처밟았다. 그놈이 유치장 밖으로 나가려 하자 뒷덜미를 잡고 안쪽으로 끄집었다. 반장은 문을 잠그고 숨이 턱밑으로 차오를 때까지 몸을 쉬지 않았다. 폭력, 그 잔인함 속에 감춰진 모습은 고귀했다. 어느 누구도 말리지 않았다. 상황을 지켜보던 경찰들도 가슴의 울림 때문에 아무런 행동을 하지 않았다. 지친 반장이 땀을 흘리며 무릎에 팔을 의지한 채 서 있었다.

"개자식아, 너 알고 있어? 네 놈 때문에 가족들이 무엇을 잃었는지 알고 있어? 개새끼야!"

반장이 화를 억누르지 못하고 다시 발로 녀석의 얼굴을 강타했다. 반장은 거친 숨소리와 함께 말했다.

"하아, 하아. 너에게 법이라는 잣대는 필요 없다. 너는 짐 승이다. 인간의 탈을 썼지만, 너는 짐승이다. 짐승을 죽이고 때리고 학대해도 벌금형밖에 나오지 않는 것이 대한민 국의 법이다. 짐승이기에 나는 너를 때렸다. 설명할 필요는 없겠지만, 해야겠다. 첫째, 너는 아이와 가족들이 함께 식탁에 모일 수 있는 가장 기본적인 권리를 빼앗았다. 둘째, 너는 아이에게 아름다운 왕자님이 나오는 동화를 증오하게 만들었다. 셋째, 부모라는 위대한 이름에 평생 동안 죄를 안게 하였다. 넷째, 웃음으로 가득해야 할, 사랑만으로 가득해야 할, 세상 모든 것이 아름다워 보일 수 있는 두 눈을 간직한 여덟 살의 특권을 빼앗아버렸다."

반장은 이야기를 이어가다 잠시 멈칫했다. 땀을 닦는 것인지, 눈물을 닦는 것인지 옷소매로 얼굴을 훔쳤다. 소란에 정신없이 달려온 경찰들도 같은 행동을 보였다. 모든 시간은 정지하고 반장의 입만이 움직였다.

"마지막으로, 너는 가장 추악한 본능 때문에 그 누구도 범할 수 없는 아름다움에 더러운 상처를 남겼다. 아무리 갈증이 난다고 해도 너 따위는 마실 수 없는 물이었다. 헌데 너는 그 물로 갈증을 해소하고 더러운 흔적을 남겼다. 고로 너는 용서받을 자격도 없으며 죽어서도 이 죄로 인한 속죄로 살아가야 한다. 어느 누가 와서 너에게 침을 뱉고 구타를 행하더라도 너는 반항해서는 안 된다. 너는 그런 짐승이다."

반장이 바지에 채워져 있던 벨트를 풀었다. 번쩍거리는 버클이 있는 쪽으로 사정없이 그놈을 내리쳤다. 고함 소리가 들려왔다. 그놈은 몸을 바닥에 비벼대며 아픔을 호소했다.

"너 따위가 고통을 느끼는 거냐? 아이의 고통은 무엇이더냐? 너는 그것을 즐기지 않았었나? 너의 고통은 참기 힘든 것이냐?"

반장은 사정을 봐주지 않았다. 거침없이 벨트가 휘둘러졌다. 이리저리 피하는 그놈에게 정확한 손놀림으로 씻을 수 없는 죄의 낙인을 찍었다. 한참 동안 고함이 이어졌다. 그놈의 목소리가 쉬고 온몸은 핏빛 멍으로 가득했지만 반장은 쉬지 않았다. 반장은 그놈에게 행하는 폭력이 정당하다 생각했다. 아니, 주위의 모든 사람이 그렇게 생각했다.

지금 반장의 행위는 정의를 위한, 악을 처단하는 투사의 손짓과 같았다.

벨트에 달린 쇠뭉치가 가죽과 떨어지고 나서야 비로소 손동작은 멈췄다. 반장이 바닥에 털썩 주저앉아 그놈을 노려보았다.

"하아, 하아. 고통스럽냐? 나는 너보다 더 아프다. 내 자식도 아닌 아이의 기억에 너무 아프다. 아이의 가족은, 아니 아이는 어떨까? 아프다 생각하지 마라. 너는 아프지 않다. 지금 너의 고통은 살아서도, 죽어서도 영원히 이어져야 한다. 영원을 넘어선 시간 동안 지금과 같은 고통이 이어져도 용서받을 수 없다. 아니, 너는 아픈 게 아니다. 네가 행한 짓에 대한 당연한 고통일 뿐이다."

말을 마친 반장이 휴대폰을 주머니에서 찾았다. 퉁퉁 부어오른 그놈의 얼굴과 사지를 열심히 카메라에 담았다. 고통으로 몸부림치는 그놈을 내려다보며 반장이 싸늘하게 마지막 말을 내뱉었다.

"신이 나오고 악마가 나오는 모든 기록에 겁탈을 했던 죄인들의 얘기가 나온다. 하지만, 아이를 겁탈한 내용은 나오지 않는다. 왜일까? 악마조차 거부하는 행동이기에 그렇다. 악마조차도 너를 용서하지 않을 것이다. 천국의 문은 당연하고, 지옥의 문조차 너에게는 열리지 않을 것이다."

반장이 비틀거리며 유치장 문을 나섰다. 한 경찰이 수건을 건넸다. 반장은 얼굴에 범벅이 된 눈물과 땀을 닦으며 형사계로 향했다. 반장이 터벅터벅 복도를 걸어가는데 지윤엄마의 울음소리가 메아리쳤다. 반장의 발걸음이 빨라졌다. 형사계에 들어선 반장이 지윤엄마에게 자신의 휴대폰을 건넸다.

"손 더럽히지 마시라고 제가 직접 이렇게 만들어놓았습니다. 저도 아이가 있습니다. 딸만 둘입니다. 죄송합니다. 미리 막지 못해 정말 죄송합니다."

반장이 무릎을 꿇었다. 그녀는 반장을 안고 억울하고 억울한 마음을 토해냈다. "어떻게 그럴 수 있어요. 어떻게 사람이 그럴 수 있어요."라고 소리치며 반장의 옷을 힘껏 잡아당겼다. 반장은 그녀의 행동을 거부하지 않았다. 몸이 휘청거리는 반장은 그저 고개만 숙이고 있었다.

"어떻게 그래요. 어떻게 사람이 그렇게 뻔뻔하고 잔악해요. 왜 그런 놈들이 편안하게 잠을 자고 밥을 먹고 있냐고요."

"죄송합니다. 정말 죄송합니다. 절대 용서받지 못할 그놈, 꼭 엄벌하겠습니다. 죄송합니다. 딸을 가진 부모의 마음, 너무도 잘 알고 있습니다. 이 말밖에는 못 하겠습니다. 죄송합니다."

그녀와 반장은 함께 눈물을 쏟아냈다. 그 누구의 입도 열리지 않았다. 말이 필요 없었다. 사람이라면, 정말 사람이고 가족이라는 울타리가 있는 이들이라면, 너무 당연한 행동이었기에. 적어도 자식을, 어린 딸아이를 가진 부모라면…….

그놈은 인권보호라는 명분 아래 병원으로 후송되었다. 반장은 몇 시간이 지나지 않아 기자들의 표적이 되었고, 다음 날 징계를 받았다. 그놈은 안락한 병실에 누워 조서를 꾸몄다.

그녀가 경찰서를 찾아 난동을 부린 지 며칠 후, 또 다른 충격이 그녀의 가슴을 무너뜨렸다. 그놈을 옹호하는 인터넷 카페가 개설된 것이다. 소식을 들은 그녀는 인터넷 선을 컴퓨터에 연결했다. 컴퓨터가 부팅되는 시간이 너무도 길게 느껴졌다. 분노한 마음으로 카페를 들어가보았다. 경악을 금치 못하는 말들이 게시판을 가득 채웠다.

눈앞이 아득해지면서 그곳에 글을 쓴 이들 모두를 가장 고통스러운 방법으로 죽이고 싶었다. 지금 내가 죽어서 저 놈들을 평생 저주할 수 있다면 당장 그렇게라도 하고 싶은 심정이었다.

말이 되는 것인가? 세상에서 가장 더러운 범죄를 저지른 그놈을 어떻게 옹호할 수 있다는 말인가! 그 누구도 용서할 수 없는 죄를 저지른 그놈을 옹호하는 저들이 과연 제정신인가? 잠재적 성범죄자가 아니고서야 어떻게 이렇게 더러운 글을 쓸 수 있단 말인가! 화를 낼 수도 없었다. 지윤이가 그런 자신의 모습을 보게 할 수는 없었다. 눈물이 나오려는데 지윤이가 "엄마!" 하고 그녀를 불렀다. 그녀 재빨리 눈물을 훔치고 웃는 모습으로 지윤이에게 향했다.

재판이 있던 날, 그놈은 살려달라 했다. 살려만 달라고, 죄를 뉘우친다고 선처를 호소했다. 그녀는 눈알이 뒤집히는 줄 알았다. 내 딸을 그렇게 모욕하고, 다른 작자들에게 자신의 죄를 광고하던 놈이 선처를 구하고 뉘우침을 이야기한다. 살고 싶다 했나? 세상에서 가장 잔인한 폭력을 가

한 자가 감히 살고 싶다는 말을 내뱉고 뉘우치고 있다 말하고 있는 것인가? 평생을, 아니 죽어서 영혼만 남게 되더라도, 신마저, 악마저 용서할 수 없는 죄를 지은 자의 입에서 나올 수 있는 말이던가?

죽음으로도 속죄되지 않는 유일한 범죄를 저지른 자의 입에서 정녕 나온 말이란 말인가?

판단할 수 없는 우발적인 일이었다고 했다. 술 때문에 판단이 흐려졌다 했다.

우발적이라고? 정말 우발적이었던가? 우발적으로 한 시간 넘게 길거리를 배회하며 상대를 찾았던가? 지윤이를 끌고 가면서도 판단의 시간이 충분치 않았던가? 바지 지퍼를 내리는 순간 역시 판단의 시간은 충분하지 않았던가?

성폭행에 우발이란 있을 수 없는 것이다. 성폭행은 무조건 고의적인 의도가 있기에 가능한 것이다.

그놈의 변명으로 찢겨지고 찢겨진 그녀의 가슴에는 또다른 진안한 형벌이 내려지고 있었다.

피해자의 가슴에는 세상의 숫자로는 표현할 수 없는 영원한 형벌이 가해지지만, 더러운 죄를 범한 범죄자에게는 단 두 자리의 숫자가 형벌로 가해진다.

그놈은 알고 있을까?

눈에 넣어도 아프지 않다는 말을.

그놈은 알고 있을까?

지윤이가 한 달 동안 다리에 깁스를 했을 때, 차라리 자신이 평생 절름발이로 살 테니 두 번 다시 아프지 않게 해달라던 애탄 기도를.

그놈은 알고 있을까?

벌써부터 지윤이가 장난스럽게 누군가와 결혼하겠다 말할 때면 못내 아쉽고 서운한 감정이 밀려들어옴을.

그놈은 알고 있을까?

세게 안으면 부서질까, 혹여 숨이 막히지는 않을까 걱정되어 있는 힘껏 안아주지 못하고, 자신보다 더 키가 클 때만을 기다리던 엄마의 마음을.

그놈은 알고 있을까?

엄마라는 말이 듣고 싶어 이도 제대로 나지 않은 지윤이에게 하루에 수만 번도 더 엄마라는 소리를 듣게 했음. 지윤이에게서 엄마라는 소리가 나오는 그 순간을 수첩에 적어놓고 평생을 잊지 않겠다고 다짐했던 환희의 순간을.

정녕 그놈은 알고 있을까?

지윤이가 어른이 되어 품 안을 떠나는 것이 못내 아쉬워, 최대한 천천히 지윤이가 자랐으면 하는 아름다운 소망을.

이 모든 행복과 소망을 앗아간 그놈에게 내려진 형량은 너무도 초라했다.

그녀는 판결문 낭독이 끝나자 지윤아빠의 어깨에 얼굴을 묻었다. 너무 짧은 구속기간이 납득되지 않았다. 아니, 죽어도 면죄부를 받지 못하는 그놈의 보잘것없는 목숨을 살려준다는 것이 상식적으로 이해가 되지 않았다. 그녀가 울먹이며 말했다.

"저 자식…… 알고 있을까? 판사는 알고 있을까? 세상의 모든 행복이 지윤이에게서 나오는 우리를. 지금 저들이 세상 모든 절망을 우리에게 선물했다는 것을."

지윤엄마는 무의식적으로 시계를 바라보았다. 벌써 4시를 향하고 있었다. 그녀는 여전히 웅크리고 앉아 지윤이를 지키고 있다. 세상이 원망스럽다. 아무런 죄 없는 한 가정을 처참하게 짓밟고 망가뜨린 세상이 지독하게 원망스럽다.

무슨 잘못을 한 것일까? 열심히 살아온 것이 죄일까? 자식을 끔찍하게 예뻐했던 것이 잘못이었을까? 단란한 가정

속에 화목을 꿈꾸었던 것이 허황된 망상이었을까?

누군가에게 피해를 주고 살았던 적이 있었던가? 가끔 주말마다 봉사활동을 다니며 행복을 나누려 했던 그들이었다. 그녀는 무슨 잘못을 했기에 가정이 파탄의 지경에 이르러야 하는지 도무지 알 수 없었다. 생각해보니 울화통이 치밀었다. 손발이 오들오들 떨려왔다. 모든 사람들을 깨워 묻고 싶었다. 우리가 무엇 때문에 이러한 고통을 받고 있냐고…….

그래도 참아야 한다. 참고 참아야 한다. 되돌릴 수 없다는 것을 잘 알고 있기에 참고 참아야 한다. 미친 듯이 세상을 향한 원망을 뱉고 싶어도, 발악과 함께 그놈을 향한 증오를 내뿜고 싶어도, 지윤이의 기억에서 그놈을 지울 수 있다면 이보다 더한 억울함과 힘겨움도 참아야만 했다.

피가 거꾸로 솟아오르는 화를 참아내기 위해 그녀는 곤히 잠들어 있는 지윤이를 바라보았다. 작은 손을 살며시 쥐며 "사랑한다. 사랑한다."라고 나지막하게 속삭였다. 그녀가 지윤이의 손등에 성스러운 키스를 했다. 세상이 지키지 못한, 자신이 지켜주지 못한 죄의식을 담아 가장 아름다운 의식을 진행하며, 용서받기를 바라는 누군가처럼 그렇게 키스를 했다.

지윤이의 손등에 입술을 갖다 대고 있을 때, 휴대폰 진동이 그녀를 방해했다. 그녀는 지윤이가 깰까 종종걸음으로 방을 빠져나왔다. 지윤이가 혼자 있는 것이 불안하여 문을 살짝 열어두고 시선을 떼지 않았다. 그녀가 나지막하게 "무슨 일이야?"하고 물었다. 저편에서 지윤아빠의 목소리가 들려왔다.

"현관 앞이야. 문 열어."

그녀가 소스라치게 놀라며 인터폰을 들었다. 밖에는 지윤아빠가 비틀거리며 서 있었다. 그녀는 위험한 사람을 본 것처럼 서둘러 지윤이가 자고 있는 방문을 닫고 통화를 이어갔다.

"왜 왔어? 지윤이가 보면 어쩌려고?"

"잠시 자고 있는 모습만이라도 보게 해줘."

"미쳤어? 안 돼. 그러다 깨기라도 하면 어쩌려고? 절대 안 돼."

"그럼 우리 지윤이 숨소리만이라도 듣자. 부탁이다. 제발 부탁이다. 문 안 열어볼 테니 제발 부탁 좀 하자. 지윤이 보고 싶어죽겠다. 제발……."

그녀는 갈등했다. 지윤아빠에게 너무 잔인한 짓을 가하는 것은 아닌지 미안함이 밀려들어왔다.

"방 안에 들어가면 절대 안 돼."

그녀의 허락이 떨어졌다. 지윤아빠가 재빨리 현관 비밀번호를 누르고 들어왔다. 신발을 빠르게 벗어던진 그는 지윤이가 자고 있는 방문 앞에 우두커니 섰다. 그녀는 불안한지 문 앞을 지키고 서 있었다. 술냄새가 진동했다. 그는 문을 손바닥으로 쓸어내렸다. 마치 지윤이를 어루만지는 것 같이 조심스러웠다. 눈에서 눈물이 떨어졌다. 소리는 새어 나오지 않았다. 억지로 입을 틀어막고 겨우겨우 참아내고 있었다. 그가 아주 작은 목소리로, 그 누구도 알아들을 수 없는 소리로 나지막하게 말했다.

"지윤아, 아빠 왔다. 지윤이 보고 싶어 아빠 왔다. 우리 지윤이 아빠가 지켜줄게. 아빠가 지윤이 지켜줄 테니까 제발, 아빠 좀 봐줘라······."

새벽 시간, 아무도 없는 아파트 놀이터에 지윤엄마와 지윤아빠가 앉아 있다. 고개를 푹 숙이고 있는 지윤아빠를 빤히 바라보는 지윤엄마. 먼저 입을 열 것 같았던 지윤엄마였다. 하지만 지윤아빠의 입이 먼저 열렸다.

"이혼⋯⋯하자."

그녀는 아무 말도 하지 않았다. 표정의 변화도 없었다. 계속 그의 말이 이어졌다.

"화가 나서 견딜 수가 없어. 어린애를 놔두고 맘 편히 수다나 떨고 있었던 당신을 절대 용서할 수 없을 것 같다. 우리 이혼하자."

그녀에게선 대답이 들려오지 않았다. 그녀는 그보다 강했다. 어떠한 말에도 흔들리지 않고 지윤이만을 생각했다. 그녀 역시 지금의 결혼 생활이 지윤이에게 좋지 않다 생각했다. 차라리 이혼을 하고 지윤이를 혼자 기르는 것이 더 좋은 방법이라는 생각도 했다. 그러나 그건 지금 당장일 뿐이었다. 지윤이가 밝은 모습을 되찾았을 때를 포기하지 않고 떠올리는 그녀였다. 그녀는 지윤이가 부모의 이혼을 자신 때문이라고 받아들일까 두려웠다. 그녀의 입이 열리지 않자 그는 계속 떠들어댔다.

"다시 돌아갈 수 없어. 지옥 같아. 우리 셋이 함께한다면 이 기억은 영원할 거야. 지윤이를 위해서, 나를 위해서 이혼해줬으면 좋겠어. 생활비는 걱정하지 마. 부족하지 않게 줄 테니까. 결혼도 하지 않을 거고 당연히 자식도 없을 거야. 지윤이가 괜찮아지면 가끔 보내주기나 해. 우리 이혼하자.”

그녀는 말없이 일어섰다. 그는 집으로 들어가는 그녀를 붙잡지 않았다.

사랑한다. 사랑해서 결혼했고 함께 지윤이를 낳았다. 사랑이라는 감정으로 지금까지 그녀와 함께 살아왔고, 힘겨운 순간이 찾아와도 언제나 행복할 수 있었다. 그놈이 아니었다면 평생을, 죽어서도 그녀만을 사랑하며 살아갔을 것이다. 헌데 지금은…… 증오만이 남았다. 원망만이, 미움만이 남았다. 그 순간 그녀가 지윤이와 함께 있었더라면……. 하는 생각만이 그를 가득 채웠다.

돌아갈 수 없다. 그 어떠한 방법으로도 예전과 같은 행복을 지켜낼 자신이 없었다. 그에게 남은 것은 절망뿐이었다.

2화. 도망가거나 방관하거나 부딪히거나

삶에는 세 가지 길이 있다. 도망가거나 방관하거나 부딪히거나.

지윤엄마는 문득 〈시티 오브 조이〉의 영화 대사를 생각했다. 언제 적 영화였더라? 기억은 나지 않지만, 연애시절 지윤아빠와 함께 봤던 영화였다. 지윤아빠는 영화의 자막이 올라가고 나서 그녀에게 말했다. "도망가거나 방관하거나 부딪히거나. 당신과 함께한다면 나는 부딪혀서 이길 거야."라고…….

프러포즈였던가? 아마도 그 후 그녀와 지윤아빠의 사이는 더욱 가까워졌을 것이다. 그저 흔해빠진 달콤한 말이 아니었다. 지윤아빠는 그 약속을 철저하게 지켜냈다. 처음 고등학교 앞 조그마한 문방구로 시작한 그는 3년 뒤 대학로의 큰 팬시점을 인수했다. 세상 모든 일과 부딪혀 이겨냈고 지독하게 싸워왔다.

20평 전셋집에서 시작한 그들은 5년 뒤 34평 분양아파트로 이사할 수 있었다. 모든 것이 지윤아빠 덕분에 가능한 일이었다. 삶의 여정에 두려움이 없던 그였다. 설사 불가능해 보일지라도 그는 그것을 가능하게 만들었다. 그녀에게 그는 언제나 든든한 나무였고 울타리였다. 튼튼한 울타리 안에서 너무도 행복한 삶을 살았다. 지윤아빠가 울타리를 만들 때 그녀는 곁에서 땀을 닦아주고 시원한 물을 주었다. 행복이라는 울타리는 절대 무너지지 않을 것 같았다.

조금 더 높은 울타리를 만들어야 했던가? 그놈이 행복의 울타리를 넘어와 온 집 안을 쑥대밭으로 만들었다. 절대 망가지지 않을 것 같았던 울타리는 처참하게 망가졌다. 다시 울타리를 지어야 했지만 그녀도, 지윤아빠도 힘을 잃고 주저앉아 있다. 찬바람은 쌩쌩 들어오고 울타리가 망가진 것에 서로를 탓하며 싸우고 있다.

그녀는 지윤아빠가 다녀가고 나서 한숨도 자지 못했다. 해는 중천에 떠 있고 지윤이는 TV만화를 보고 있다. 그녀는 어제의 복잡함을 정리하려 애썼다. 방법을 찾아야만 했다. 이 시간이 계속 이어진다면 행복은 두 번 다시 찾아올 수 없을 것이다.

두통이 심해졌다. 잠을 못 잔 데다가 생각까지 많아지니 머리가 한계를 호소하고 있었다.

그놈은 평범이라는 가장 지켜내기 힘겨운 일상을 지켜온 한 가족을 처참하게 망가뜨렸다. 사랑이라는 불멸의 진리마저 그놈은 미움으로 바꿔버렸다.

지윤아빠는 하루 종일 깨어나지 못했다. 심한 두통과 갈증으로 겨우 잠에서 깨어난 그가 시계를 바라보았다. 예전 같았으면 '늦었네?' 하며 급하게 옷을 입고 나갔을 것이다. 아니, 이 시간까지 자본 기억도 없다. 피곤해서 조금 늘어질 때면 아침 밥상의 맛있는 냄새가 그의 코를 자극했다. 지윤이가 태어나고부터는 지윤이보다 먼저 일어나, 자고 있는 지윤이 모습을 바라보는 것이 하루 시작의 낙이었다. 사랑하는 사람과 만들어낸 최고의 걸작이 숨을 쉬며 자고 있는 모습을 바라보고 있노라면 행복을 넘어선 뿌듯함, 뿌듯함을 넘어선 두근거림과 알 수 없는 기운이 용솟음쳤다. 지금

은 느낄 수 없다. 원망의 기억들과 후회 뿐이다. 왜 지윤엄
마와 지윤이를 낳고 함께했는지, 자책으로 하루하루를 살
아간다. 사랑하는 사람과 만들어낸 지상 최고의 선물이 그
놈의 손에 더럽혀지는 순간 이후, 일분일초의 시간이 괴롭
고 힘겹다. 아침 밥상은 존재하지 않는다. 일어나면 담배냄
새로 찌들고 술냄새로 찌든 방 안의 쾌쾌한 냄새만 자신을
반긴다. 습관처럼 지윤이 방 안을 들여다보던 일은 꿈만 같
다. 웃으며 한 식탁에 앉아 밥을 먹었던 기억이 악몽으로
변해버렸다.

그는 멍하니 천장을 바라보며 숙취로 인한 두통에 인상
을 찌푸렸다. 어제의 일을 기억해봤다. 술에 취한 후 뱉은
말은 언제나 후회를 가져온다. 허나 어제의 기억 속에 후회
는 없었다. 술기운을 빌어 자신이 원하는 바를 분명하게 말
했다 생각했다.

일어나자마자 담배를 찾았다. 뿌연 담배연기는 허공으
로 퍼져 사라졌다. 천장을 바라보며 그는 지윤이가 험한 일
을 당하기 전 기억들을 떠올렸다. 피식 웃음이 나왔다. 지윤
이 웃음을 생각하니 절로 미소가 피어났다. 더욱 먼 과거로
기억이 거슬러 올라갔다. 문득 지윤엄마에게 처음 고백하

져올 거라 생각했다. 예상과는 달리 지윤아빠는 택시에서 내렸다. 그가 다가오자 그 이유를 알 수 있었다. 절어버린 술냄새가 멀리서도 풍겼다.

어색하게 마주한 그들은 걸음을 옮겼다. 병원 야외 휴게실에 도착하자마자 그녀가 입을 열었다.

"그렇게 가고 나서 또 술 마신 거야?"

"지윤이는?"

그는 그녀의 물음에 대답 대신 지윤이 소식을 물었다. 그녀는 그의 추궁하려는 의지를 꺾었다.

"민조 씨와 상담 중이야. 뭐 마실까?"

"됐어. 왜 보자고 한 거야?"

그의 말투는 거칠었다. 누가 보아도 그녀를 증오하고 미워하고 있다는 것을 알 수 있었다. 그녀는 살며시 입술을 깨물었다.

"어제 이야기 진심이야?"

그녀의 물음에 그는 단호하게 말했다.

"그래, 진심이야. 더 이상 우리가 함께할 이유가 없어. 고통뿐이라고. 행복은 이제 우리에게 남아 있지 않아. 당신도 잘 알잖아."

그녀는 굳은 표정으로 그를 빤히 바라보았다.

"우리 말이야, 서로의 이름을 불러본 적이 언제일까?"

"……."

의외의 질문에 지윤아빠는 할 말을 잃었다. 그가 잠시 생각에 잠겼다. '언제였지?'라고 스스로 되물으며 오랜 시간을 거슬러 올라갔다. 결혼 후 신혼 때는 애칭을 불렀고, 지윤이가 태어나자 당연하다는 듯이 지윤엄마, 지윤아빠가 되었다. 그녀가 말을 이었다.

"아마도 꽤 오래전 일일 거야. 기억도 나지 않을 만큼. 나는 지윤엄마로, 당신은 지윤아빠로 살아온 시간이 벌써 8년이니까."

"……."

"우리에게 주어진 시간, 앞으로도 평생 이름 따위는 존재하지 않을 거야. 당신은 지윤아빠고 나는 지윤엄마야."

순간, 그의 마음이 흔들렸다. 다시 마음을 다잡기 위해 그가 벌떡 일어났다.

"추상적인 이야기는 그만 집어치워. 나는 당신이 원망스러워. 그따위 말장난 하지 말란 말이야!"

그의 목소리가 점점 커지더니 이내 곧은 소리를 내질렀

다. 그녀는 그의 소리에 당황하기는커녕 동요의 기색도 없었다. 그녀의 눈빛이 반짝였다. 매섭게 그녀를 노려보던 그의 눈이 강한 의지를 보이는 그녀의 눈을 재빨리 피했다.

"우리, 부딪히자. 도망치지도, 방관하지도 말자. 우리 이 상황을 함께 부딪쳐서 이겨내자."

모정의 강함은 어디까지일까? 그녀를 책망하고 원망하리라 다짐했던 지윤아빠가 오히려 당황하기 시작했다. 지금까지 이런 그녀의 모습을 본 적이 없었다. 연애시절에도 마냥 어린아이 같은 애교를 부리던 그녀였다. 지윤이가 태어나고 나서도 아이가 둘이라 생각할 만큼 철없고 속없다 생각했던 적이 한두 번이 아니었다. 그녀가 강한 어투로 다시 말했다.

"당신은 지윤이와 우리가 예전으로 돌아갈 수 없다고 생각해?"

"……."

그가 고개를 숙였다. 담배를 찾았다. 어떤 말도 꺼낼 수 없었다. 희망을 포기하자니 고통이 더욱 자신을 엄습해 올 것 같았다. 그렇다고 긍정을 이야기하자니 그녀를 향한 원망이 끝도 없이 자신을 향해 파도칠 것 같았다.

"담배, 다시 피우기 시작하는 건가? 정말 8년 만이네. 모든 걸 포기한 거야?"

담배에 불을 붙이는 모습을 보며 그녀가 날카롭게 말했다. 그가 깊은 숨을 내쉬며 말했다. 방황을 정리하는 데 오래 걸리지 않았다. 지금 이 순간을 도망치고 싶었기에.

"이미 일어난 일이야. 함께할 수 있는 시간 따위 생각하는 거, 이제 지쳤어. 나도 처음에는 이렇지 않았어. 언젠가는 돌아갈 수 있겠지 생각했어. 그런데 이제는 아니야. 반년이다. 우리가 이렇게 생활하고 힘들어한 시간. 조금도 나아지지 않잖아. 우린 되찾는 것보다 잃어버리는 길을 선택해야 돼. 그 길을 가려면 놓는 것을 배워야 하는 거야."

"모든 걸 털어버리고 도망치겠다는 거야?"

그녀의 말은 그의 귀를 거슬리게 했다. 너무 정확하게 자신의 의도를 파악하고 있다는 것에 강한 거부감이 일어났다. 그가 신경질적으로 담배를 던져버렸다.

"젠장! 무슨 말을 그따위로 해! 당신이 만들어놓은 일이야! 당신같이 철없는 여자가 엄마 될 자격이 있다고 생각해? 당신 때문에 이 모든 일이 벌어진 거라고! 나에게 이런 말할 자격이 있다고 생각하는 거야? 당신만 보면 참을 수 없어! 따귀라도 때리고 싶은 마음이 굴뚝같단 말이야! 당신만 지윤이 곁에 있었더라면. 정말 그랬더라면!"

그가 가슴을 치며 소리쳤다. 그녀는 바닥에 시선을 두고 있었지만 조금의 흐트러짐도 없었다. 그의 말이 멈췄다. 그는 거친 숨을 몰아쉬며 순간의 분노를 잠재우려 노력했다.

"나도 내가 싫다."

그녀가 나지막하게 중얼거렸다. 미안함이 밀려온 그는 먼 산을 바라보았다. 그녀의 말이 이어졌다.

"나도 내가 너무 싫다. 내가 밉고 경멸스럽다. 그래도 나는 포기하지 않을 거야. 당신같이 도망치지도, 그저 멀리서 방관하며 살아가지 않을 거야. 부딪히고 싸울 거야. 그따위의 더러움이 절대 우리 가족을 무너뜨릴 수 없다는 걸 보여줄 거야. 난 절대 포기하지 않아."

그는 딱딱하게 굳어버렸다. 고개를 돌려 그녀를 바라보는 일에 엄청난 용기가 필요했다.

"나 들어가봐야겠어. 조금 있다가 들어가. 지윤이 데리고 집에 갈게."

그녀가 병원으로 향했다. 그는 그제야 고개를 돌려 그녀를 바라보았다. 지금까지 자신과 8년을 함께 살아온 지윤엄마가 맞는지 스스로에게 질문을 던졌다.

그녀의 뒷모습은 연약해 보이지 않았다. 예전 그의 엄마를 보는 것과 같은 느낌이었다.

지윤아빠가 정신과를 찾았다. 안에서 그를 기다리고 있던 박민조가 반갑게 그에게 다가갔다.

"선배."

지윤아빠에게 다가온 박민조가 인상을 찌푸렸다.

"또 술 마셨어요?"

"지윤이는 어때?"

박민조의 핀잔 따위는 신경 쓰지 않았다. 그는 고개를 끄덕이는 대신 딱딱한 표정으로 물음을 던졌다. 두 사람은 자연스럽게 자리에 앉았다.

"선배, 언니한테 이야기 들었어요. 이혼하자고 했다면서요?"

박민조 역시 그의 물음에 다른 물음을 던졌다. 조금 전과는 달리 박민조의 목소리는 낮았다. 그가 허공을 바라보며 한숨을 내쉬었다. 그의 의미 없는 표정을 바라보자니 그녀 역시 알 수 없는 한숨이 뱉어졌다.

지윤아빠와 그녀는 고등학교 선후배 사이로 알게 되었다. 함께 영화를 만들자는 포부로 동아리에서 만났던 그들은 졸업 이후 각자의 삶에 충실했다.

지윤아빠 결혼식 축가는 그녀의 몫이었다. 이후 종종 그의 집에 들락거려 지윤엄마와의 친분도 두터워졌다.

박민조는 자발적으로 지윤이를 돕겠다며 나서게 되었다. 그녀만큼 지윤이를 잘 알고 있는 사람도 없었을뿐더러 힘겨워하는 그들을 지켜보고만 있을 수도 없는 노릇이었다.

사건 이후 지윤이는 황폐한 사막 그 자체였다. 머리는 메말랐고 가슴은 죽어 있었다. 지독한 악몽의 시간은 그녀에게도 전해질 만큼 잔인하고 두려웠다.

수술이 끝나자마자 지윤이를 위한 상담에 들어갔다. 지윤이는 수술의 아픔보다 정신적 고통으로 힘들어하고 있었다. 밤마다 잠을 설치며 남자의사만 보아도 질겁했다. 어린 아이에게 불면증이란 감당할 수 없는 정신적 스트레스가 아니면 찾아오지 않는 병이었다. 아이들은 아주 단순한 사고를 갖고 있으며 지윤이에게는 더욱 허락될 수 없는 병이었다. 즉 유아의 아동들에게 불면증 증상이 나타난다는 것은 엄청난 충격과 스트레스를 보여주는 것이다.

뿐만이 아니었다. 박민조와 마주한 지윤이는 우울증과 조울증, 극도의 스트레스성 성격장애와 행동장애도 함께 나타내고 있었다.

정신과적으로 완벽한 종합병원인 셈이었다. 지윤이는 자신의 배꼽에 달린 주머니를 경멸했다. 감정이 사라진 모습은 마네킹과 비슷했다. 사람과 눈을 마주치는 것을 두려워했고, 지난 일의 기억으로 지칠 대로 지친 몸일지언데 행동으로 스트레스를 쉬지 않고 분출했다.

정신분열의 기미까지 더해졌다. 지윤이는 아무도 없는 건너편을 바라보며 이야기를 나눴다. 자신이 가장 갈망하는 누군가를 보호적 차원으로 만들어내며 생기는 심각한 상태였다. 자신이 만들어낸 대상 이외에는 누구의 접근도 꺼렸다. 그녀가 처음으로 대면한 지윤이는 여성마저도 경계의 대상으로 삼았다.

동물 새끼들은 주위의 모든 물건과 움직이는 것들에 호기심을 보인다. 지윤이가 딱 그런 나이였다. 길거리를 지나가다 "엄마 저건 왜 저렇게 서 있는 거야?", "아빠 왜 아이스크림은 맛있는 거야?"라며 끊임없이 호기심 어린 질문을 하는 나이인 것이다. 영아기를 지나 유아기에 접어드는 아이들은 상상 속 존재에 두려움을 느끼지만, 현실적 사고에서는 두려움을 느끼지 못한다. 예를 들어 귀신과 같은 상상의 존재에게는 극도의 공포를 느끼나, 사람이나 자동차 같은 것에는 호기심을 보이는 것이 지극히 정상이었다.

하지만 지금 지윤이는 모든 것에 벽을 쌓고 있다. 왕성한 호기심을 보여야 할 나이지만, 경계심으로 호기심을 짓누르고 있었다. 마치 어린 동물이 위험을 모르고 힘센 짐승에게 다가갔다가 공격당한 뒤 그 동물만 보면 도망가는 모습과 비슷했다.

지윤이와 거리를 좁혀나가기까지 오랜 시간이 필요했다. 의사로서 기본적인 본분을 지키려 노력했지만 쉽지 않았다. 지윤아빠가 그녀의 고등학교 첫사랑이라서 그런 것이 아니었다. 수십 년을 함께한 우정 때문도 아니었다. 자신도 한 아이의 엄마로서 지윤이의 모습에 살이 떨려올 수밖에 없었다.

의학적인 단계대로 지윤이를 치료할 수는 없었다. 그녀는 지윤이를 안아주는 것부터 시작했다. 치료보다도, 객관적 의료의 목적보다도 그녀는 지윤이를 안아주고 싶은 욕구가 더욱 컸다.

지윤이가 그녀를 받아들인 건 보름 만의 일이었다.

처음엔 그녀가 문 앞에 서 있는 모습에서조차 두려움을 느끼는 지윤이었다. 한 걸음, 한 걸음 다가가기까지 그녀는 얼마나 많은 인내와 슬픔을 감당해야 했던가! 문 앞에 서서 수많은 과자와 재미있는 이야기들을 지윤이에게 건넸다. 예쁜 공주 인형들과 동화책을 지윤이에게 건넸다. 지윤이의 슬픔이 전해지는 순간에도 웃음을 잃지 않고 다정하게 말을 건넸다. 조금씩 다가가기를 여러 날, 드디어 지윤이 앞에 그녀가 설 수 있었다. 알 수 없는 감격에 지윤이를 안고 싶어졌다. 하지만 참았다. 그 상태로 5일을 허비했다. 앉아서 이런저런 이야기를 나누고 인형놀이를 했다. 동화책을 읽어주고 과자를 입에 넣어줬다.

간절한 하루하루가 지나던 어느 날, 우연히 지윤이 손끝이 자신에게 스쳤다. 그녀는 자신도 모르게 지윤이를 안았다. 지윤이의 체온이 느껴지자 끝없는 감동이 밀려들어왔다. 그녀는 "우리 앞으로 함께 있자. 하루도 쉬지 않고 매일 이렇게 함께 있자."라고 말하며 지윤이를 품 안에서 놓지 않았다.

"지윤이는?"

그는 생각에 잠겨 있는 박민조에게 되물었다. 다른 말들로 시간을 허비하고 싶지 않았다. 그녀는 잠시 답답하게 그를 바라보았다. 하지만 이내 두 손을 들었다는 표정으로 서랍에서 지윤이가 그린 그림들을 꺼내 보여주었다.

"이 그림은 몇 개월 전 지윤이가 처음 그린 거예요."

그림 아래 적힌 날짜가 그의 눈에 들어왔다.

"가족화를 그려보라 했었어요. 그런데 지윤이는 선배를 그리지 않았어요. 선배는 가족의 일원이 아닌 거죠. 엄마만 존재해요. 지윤이 자신 역시 존재하지 않아요. 자신은 제삼자의 입장으로 넣은 그림이에요. 즉 가족 구성원에 자신도 아빠도 들어가지 않는다 생각하고 있는 거예요."

박민조의 말대로 그림 속에는 지윤엄마만 덩그러니 그려져 있었다. 그가 눈을 지그시 감았다. 그의 행동에 그녀가 재빨리 다음 그림을 보여주었다.

"난화를 시행하면서 저와 함께 그림으로 이야기를 만들어갔어요. 긍정적인 이야기들을 꺼내게 하기 위한 방법이지요. 난화라는 것은 무작위로 그린 선으로부터 어떤 형상을 상상하고 이야기를 만들어가는 방법이에요. 처음 지윤이는 이 방법을 거부했어요. 당연해요. 자기 머리에는 온통 악몽밖에 없었을 테니까. 그래서 놀이치료도 함께 병행했어요. 계속된 놀이치료와 난화 시행 이후 다시 가족화를 그리게 했어요. 3개월 전 그림이에요. 동적 가족화라고 일반 가족화와는 조금 다른 방법이지요. 가족들이 무엇을 하고 있는지 그려보는 방법이죠."

그가 눈을 감고 이야기를 들었다. 도저히 그림을 볼 자신이 없었다. 그의 마음을 읽은 그녀가 말했다.

"긍정적으로 변했어요. 한번 보세요, 선배."

그가 천근보다도 무거운 눈꺼풀을 들어 올렸다. 그의 눈에 지윤엄마가 요리를 하는 모습과 지윤이가 방에서 줄넘기를 하고 있는 그림이 뚜렷하게 보였다.

"지윤이가 자신을 가족의 일원으로 생각하기 시작한 거예요. 그런데 잘 보시면 언니가 등을 돌리고 있죠? 얼굴이 보이지 않아요. 그건 무관심의 표현이죠. 언니가 칼을 들고 요리를 하는 것도 보이죠? 경계하는 거예요. 힘을 상징하기도 하는 표현이지요. 그것보다 문제가 되는 것은 지윤이가 방 안에서 줄넘기를 하고 있는 모습이에요. 이건 포획과 구분이라고 해서 자신을 완벽하게 가둬놓는 의미예요. 방 안에 자신과 엄마를 구분해놓고 그것도 불안하니까 줄넘기로 자신을 가둬놓고 있는 거죠. 철저하게 자신을 숨기고 보호하려는 욕구가 강하게 나타나고 있어요. 아! 그래도 처음보다는 많이 좋아졌어요. 자신을 가족으로 포함시켰고, 예전보다는 아주 좋은 그림이라고 생각할 수 있어요."

"정말 좋아진 건가?"

그가 불안해하며 물었다. 그녀가 확신에 찬 목소리를 그에게 전달했다.

"그럼요. 조금씩 좋아지고 있어요. 자! 이 그림을 한번 보세요. 이 그림은 2개월 전에 그린 그림이에요. 그동안 언니와 지윤이에게 협동화를 그리게 했었어요. 협동화는 가족들의 돈독한 정을 다질 수 있게 해주거든요. 서로가 다른 색의 펜을 쥐고 말을 하지 않는 상태에서 하나의 풍경을 완성하는 과정이에요. 놀이치료도 계속 병행했고요. 그 뒤에 또 가족화를 그려보게 했는데 언니와 지윤이의 경계선이 없어졌어요. 아주 좋은 결과예요. 엄마와의 거리도 좁혀졌고 엄마가 아주 크게 그려져 있어요. 권력을 상징하기도 하지만, 지윤이가 가장 의지하는 사람이라는 표현이기도 해요."

그가 아무 말 없이 한참 동안 그림을 바라보았다. 눈을 씻고 찾아봐도 그는 보이지 않았다. 그가 침울한 표정으로 그녀를 바라보았다.

"나는 왜 없는 거지?"

"시간이 걸릴 거예요. 아직, 지윤이 상태로는 남성을 받아들이긴 힘들어요."

"아빠인 나마저도?"

"아빠인 선배마저도."

그가 두 손으로 얼굴을 감쌌다. 잠시 정적이 흘렀다. 방 안의 공기가 싸늘했다. 그녀의 머리에는 한 가지 생각만이 맴돌고 있었다.

정신과 의사의 직감일까? 그는 곧바로 그녀가 예상하는 질문을 던졌다.

"언제쯤이면 지윤이가 나를 받아들일 수 있을까?"

박민조는 입이 떨어지지 않았다. 어떻게 이야기해야 하는지 아직 상황을 정리하지 못했다. 지윤이가 자신에게 치료를 받던 순간부터 생각했던 물음이었다. 거짓말이라도 해서 희망을 줄까 생각했다. 희망을 줌으로써 지윤아빠가 버텨낼 수 있다면 그렇게라도 하고 싶었다. 하지만 거짓이 들통 나는 순간, 그의 좌절은 그 누구도 감당하지 못할 것이다.

그녀는 그를 빤히 바라보았다. 붉게 충혈된 눈. 언제라도 눈물 흘릴 준비를 하고 있는 처량한 눈. 당장이라도 흐느낌이 터져나올 것 같은 그의 입이 그녀의 말문을 막았다.

"왜 말이 없어? 언제쯤이면 될까? 언제쯤이면, 지윤이가 나를 받아들일까?"

"아……."

그녀도 모르는 사이 안타까움의 탄식이 흘러나왔다.

"괜찮으니까 말 좀 해봐."

답답함이 밀려온 그가 그녀의 입을 재촉했다. 그녀가 고개를 떨어뜨리고 말했다.

"몰라요. 내일 당장 아빠를 찾을지, 1년이 지난 뒤 아빠를 찾을지, 평생 남자를 증오하며 두려워할지."

그가 다시 눈을 감았다.

"모른다는 게 말이 되는 소리야? 너 의사잖아."

"정신과라는 의학은 통계가 중요해요. 하지만 모두 제각각이에요. 미안해요."

지윤아빠는 원망 가득한 눈으로 박민조를 바라보며 입을 닫았다. 그녀는 시선을 피한 채 미안한 모습을 보였다. 적막함 속에 보이지 않는 원망과 미안함 만이 방 안을 가득

메우고 있었다.

"보고 싶다."

"네?"

느닷없이 그가 중얼거렸다. 그녀는 갑자기 터진 그의 말을 알아듣지 못해 다시 한 번 물었다.

"보고 싶어. 우리 지윤이."

"……."

"놀이공원에 가고 싶어."

"……."

"안아주고 싶고, 자는 모습도 보고 싶어."

"선배……."

"지윤이가 좋아하는 핑크색 곰인형을 가지고 놀고 싶어."

"……."

"지윤이에게 뽀뽀도 받고 싶어. 용돈도 주고 싶고, 매일 아침 학교도 데려다주고 싶어. 목마도 태워주고 싶고 문방구에 같이 가서 뽑기도 하고 싶어."

그의 목소리가 떨렸다. 팔을 무릎에 대고 고개를 숙여 손으로 머리를 쥐어뜯었다. 콧물과 함께 침과 눈물이 동시에 흘렀다.

"아빠, 하고 부르는 소리를 듣고 싶어. 언제 오냐는 전화도 매일 밤 기다려져. 올 때 아이스크림 사 오라는 우리 지윤이 목소리가 너무 그립고 그리워."

"진정해요."

그의 어깨가 심하게 들썩였다. 그녀가 화장지를 들고 급하게 그의 곁으로 다가가 무릎을 꿇었다. 얼굴을 닦아주려 손을 가져갔지만 닿지 못했다. 모든 것을 잃은 자의 얼굴, 아니 죽음이 당장 찾아온다고 해도 아무렇지 않게 받아들일 수 있을 것 같은 자의 얼굴. 바로 그의 얼굴이었다. 그는 밀려드는 감정을 주체할 수 없었다.

"지윤이가 즐겨 부르는 동요의 율동을 따라하고 싶어. 지윤이가 보고 싶다는 〈슈렉〉도 같이 보고 싶어. 이번에 또 새로 나왔다는데, 함께 극장에 가고 싶어."

"그만. 그만해요, 선배."

"지윤이와…… 내 딸 지윤이와…… 함께 살고…… 싶어."

그놈은. 당연한 가족의 권리에 잔인한 형벌을 내렸다. 자신의 하찮고 하찮은 한순간의 욕망 해소. 그것은 좌절보다 더 큰 무게를 그들에게 선물했다.

"선배, 좀 들어요."

병원 근처 식당으로 자리를 옮긴 박민조와 지윤아빠. 그는 제대로 밥을 먹지 못하고 있었다. 동정? 아니 그보다는 조금 더 진한 감정이었을 것이다. 그녀는 그의 국밥그릇 안에 큼직한 김치를 올려주었다. 그는 손이 아닌 눈으로 밥을 먹는 듯했다.

"선배, 지윤이 많이 좋아졌잖아요. 오히려 언니가 문제예요."

국밥을 뚫어져라 응시하던 그의 눈이 그녀를 향했다. 그의 눈이 '무슨 문제?'라는 물음을 입을 대신해 말하고 있었다.

"우울증과 불안증세가 심해요. 불면증은 계속되고 수면제를 복용해도 세 시간 정도 자는 게 전부인 것 같아요. 언니도 많이 힘들어하고 있어요. 원망하지 말아요."

"……"

그는 별것 아니라는 표정으로 시선을 아래로 떨궜다. 멋쩍은 그녀가 밥을 한술 뜨며 입안 가득 넣었다. 그녀는 밥을 삼키지도 않고 무슨 기억이 떠올랐는지 앗! 하는 표정으로 그에게 말했다.

"〈시티 오브 조이〉 기억나요? 선배가 나한테 자랑했던 영화였죠? 나는 좌절하고 선배를 포기했지만……."

그는 변화가 없었다. 만사가 귀찮은 그에게 그녀의 이야기가 들릴 리 없었다. 그녀는 포기하지 않고 급하게 음식을 넘기며 말했다.

"선배가 그랬었어요. 그 영화를 보며 언니에게 처음으로 프러포즈를 했다고. 나 그 말에 생각했어요. 만약 내가 선배와 그 영화를 같이 봤었다면 서로의 입장이 달라졌을까? 그리고 지금은 이런 생각을 해요. 그때 입장이 달라졌다면 지금 언니가 겪는 고통도 내 것이 되었을까?"

그녀의 진지한 이야기가 그에게는 장난스럽게 들렸다. 그가 매섭게 그녀를 노려보았다. 그녀는 지지 않고 그를 똑바로 바라보았다.

"선배, 그 상황에 내가 없었기에 멋진 남자도 만나고 이렇게 행복할 수 있었어요. 예쁜 아이도 둘이나 가졌고 부러울 것 없는 삶을 살고 있지요. '선배를 만나지 않았다면', 이라는 생각을 언니에게 해보는 건 어때요? 나는 지금 선배와 그 영화를 함께 보지 않은 것을 다행이라 생각해요. 언니도 그렇지 않을까요?"

"지금 나에게 모든 책임을 떠넘기려는 거야? 민조 너도 같은 여자라고 동병상련으로 나에게 이야기하는 거야?"

그의 목소리에 짜증이 묻어났다. 그녀는 차분하게 말을 받았다.

"〈시티 오브 조이〉. 어떤 영화인지 궁금해서 선배의 전화를 받자마자 혼자 극장을 찾아갔어요. 거기에서 이런 대사가 나왔었죠. "떨어지게. 가난에 전염된다네." 이해할 수 없는 대사였어요. 지금은 이해해요. 의학적으로 우울증도 전염된다는 거 알아요? 모든 정신병이 전염된다는 것도 알아요? 바이러스를 가진 것도 아닌데 말이죠. 특히 아이에게는 전염성이 강해요. 신기하죠? 그런데 정말이에요. 선배가 지윤이를 위한다면, 언니를 감싸줘야 해요. 선택할 수 없어요. 지윤이 아빠라면……."

박민조의 말에 그가 감정을 추스렸다.

"용서가 안 돼. 지윤엄마만 보면 원망부터 터져 나와. 심장이 요동치고 저절로 손이 올라가는 걸 억지로 참게 돼. 나도 정말 괴롭다."

그가 한탄을 토해냈다. 그녀가 숟가락에 국밥을 한술 크게 떠서 그에게 내밀었다.

"먹어요, 어서."

그녀가 억지로 그의 입에 국밥을 밀어 넣었다. 살짝 고개를 뒤로 빼던 그가 그녀의 고집을 이기지 못하고 입안 가득 밥을 넣었지만, 속은 여전히 불편했다. 밥이 식도를 타고 내려가는 도중 그는 화장실로 뛰어갔다.

그녀가 그를 따라갔다. 먹은 것도 없는 그의 입에서 조금 전 밀어 넣은 국밥이 쏟아져 나오고 신물만 하염없이 쏟아져 나왔다. 그녀가 등을 두드렸다.

"내과도 가봐야겠어요. 몸 좀 챙겨요."

"우웩!"

계속된 오바이트가 그의 온몸에 힘을 쏙 빼놓았다. 그는 변기 앞에 주저앉아 지친 숨을 쉬어댔다. 그녀가 차갑고 안정된 목소리로 말했다.

"언니, 지윤이 앞에서는 굉장히 강해요. 그런데 선배 앞에서는 한없이 작아지고 두려워해요. 죄책감만 존재하는 게 아녜요. 믿고 의지하던 누군가의 등을 본다는 것에 두려워하고 있어요. 지윤이에게 엄마가 필요하다면, 지윤이가 믿고 의지하는 사람에게는 선배가 필요한 거예요. 언니가 약해지면 지윤이조차 다시 돌아올 수 없어요. 선배의 역할이 가장 중요해요."

그는 옷소매로 입을 대충 닦으며 그녀를 올려다보았다. 그녀의 모습 역시 자신의 엄마를 보는 것과 같이 강인해 보였다. 그가 알 수 없는 말을 중얼거렸다.

"나만 이렇게 약해빠진 건가? 모두가 이렇게 이겨내려 하고 있는데 말이야. 하지만 죽어도 용서할 수 없다."

3화. 이터널 선샤인

지윤엄마는 병원에서 나와 지윤이와 함께 집으로 향했다. 그녀는 보조석에 앉은 지윤이의 표정 변화에 신경을 곤두세우며 차를 몰았다. 병원에서 상담을 받고 나오는 순간이 언제나 긴장되고 기대되는 그녀였다. 그녀의 차가 집 앞에 거의 다다랐다. 눈에 비디오 가게가 들어왔다. 병원에 갔다 오는 날이면 어김없이 들리는 곳이었다. 그녀가 지윤이에게 "잠깐 들어갔다가 갈까?" 하고 물었다. 지윤이가 고개를 끄덕였다. 차에서 내린 그녀와 지윤이는 안으로 들어가 자연스럽게 만화 DVD가 즐비한 곳으로 걸음을 옮겼다. 지윤이는 이리저리 돌아다니며 자신이 좋아하는 만화영화 시리즈를 찾기 시작했다. 지윤엄마는 그 뒤를 졸졸 따라다니며 "오늘은 지윤이 좋아하는 〈슈렉〉 볼까?"라고 물었다. 지윤이가 "몇 번이나 봤잖아."라고 고개를 절레절레 흔들었다.

얼마 안 되는 만화영화 코너를 몇 번이나 왔다 갔다 했다. 지윤이는 몇 개의 DVD를 놓고 갈등하고 있었다. 중년의 주인아주머니가 다가와 지윤이에게 시선을 맞추기 위해 몸을 수그렸다.

"지윤이, 이거 봐봐. 정말 재미있어. 아줌마도 봤는데 정말 재미있더라."

아주머니는 지윤이가 선택한 몇 개의 만화 중 하나를 가리켰다. 지윤이가 잠시 생각하더니 엄마를 올려다보며 긍정의 신호를 보냈다.

"이걸로 주세요."

지윤엄마의 말에 아주머니가 카운터로 향했다. 주인아주머니는 익숙하게 지윤엄마의 이름을 찾아내 대여등록을 했다. 계산을 하려는 찰나, 그녀의 두 눈이 아주머니 뒤로 보이는 먼지 쌓인 비디오테이프들에 고정되었다. 그녀의 눈을 따라 아주머니가 고개를 돌렸다.

"〈이터널 선샤인〉, 저것도 함께 빌려주시겠어요?"

지윤엄마가 손가락으로 낡은 테이프를 가리켰다. 아주

머니는 그녀의 손이 가리키는 테이프를 재빠르게 찾아냈다.

"이거, 그냥 가져가요. 사람들이 빌려보지도 않으니까."

아주머니는 다른 쇼핑백에 테이프를 넣어주며 후덕한 웃음을 보였다. 지윤이와 지윤엄마는 함께 공손한 인사를 하고 가게를 빠져나왔다. 그녀가 지윤이를 차에 태우려다 "우리 아이스크림 먹을까?" 하고 물었다. 지윤이가 웃음을 보이며 고개를 끄덕였다. 그녀가 지윤이를 번쩍 안고 바로 옆 마트로 향했다.

지윤이가 오늘 처음으로 웃었다.

그녀의 얼굴이 조금 밝아졌다.

지윤이는 하루 종일 DVD를 보고 동화책을 읽었다. 한참 동화책을 보던 지윤이가 멍하니 앉아 벽을 응시했다. 그 모습에 지윤엄마의 가슴이 덜컥 내려앉았다. 그녀는 재빨리 지윤이에게 다가갔다. 지윤이는 인형놀이를 하자는 그녀의 제안을 거절하고 냉장고로 달려가 아이스크림과 과자를 몽땅 가지고 와서 바닥에 앉았다. 짜증이 시작된 것이다. 아직 삼키지도 않은 과자가 입안을 채우고 있는 중에도 다른 과자를 집어넣고, 또 다시 아이스크림을 한가득 집어

넣었다. 지윤엄마는 곁으로 다가와 "지윤아! 다 먹고 먹어야지. 그러면 배가 아야 하잖아." 하고 지윤이를 달랬다. 지윤이는 그녀의 손을 뿌리치며 계속해서 행동을 반복했다. 지윤엄마는 포기하지 않았다.

"지윤아! 그럼 배 아파서 또 병원 가야 되는데? 지윤이 주사 맞는 거 싫어하잖아. 엄마도 한 입 줄래?"

지윤엄마는 애원의 목소리를 간절하게 내었다.

오늘은 웬일인지 눈물이 흐를 뻔했다. 지윤아빠를 만나서일까? 갑자기 지윤이의 행동에 가슴이 무너져 내리며 눈물이 두 눈을 가득 채웠다. 지윤엄마가 지윤이를 번쩍 안아들었다. 지윤이가 짜증을 낼 때면 할 수 있는 유일한 방법, 노래를 부르고 춤을 췄다. 하루에 한 번, 그녀는 매일 이렇게 지윤이를 안고 춤을 추고 노래를 불렀다. 그때마다 그녀는 생각했다. '지윤이가 지금보다 더 자라게 되면 어떻게 하지? 그때도 안고 춤을 출 수 있을까?'

오늘은 다행히도 짜증을 내는 시간이 짧았다. 10분도 되지 않는데 지윤이가 "엄마 졸려. 잘래." 하고 턱을 그녀의 어깨에 기댔다. 어느새 눈물은 쏙 들어가고 미소가 그녀의 얼굴을 가득 채웠다.

침대에 눕히려다 거실 소파에 지윤이를 조심스럽게 내려놓았다. 지윤이는 금세 잠에 빠져들었다. 조심조심, 지윤이가 먹던 과자와 아이스크림을 치웠다. 땀이 흥건했지만 씻을 새도 없이 지윤이가 자고 있는 모습을 지켜보고 있었다. 살짝 벌어진 지윤이의 입에서 숨소리가 들려왔다. 그녀는 곤히 자고 있는 지윤이의 이마에 입을 맞췄다.

그녀가 TV 위에 올려놓은 테이프를 향해 고개를 돌렸다. 지윤이가 자고 있는데 틀어도 될까? 그녀는 잠시 갈등했다. 하지만 이내 조용히 일어나 테이프를 비디오에 밀어넣었다. 잠시 지직거리는 영상이 나타나더니 정상적으로 작동하기 시작했다. 볼륨을 줄이고 화면을 응시했다.

언제 적 영화였는지 생각이 나지 않았다. 다만, 이 영화에 많은 감동을 받아서 한 달 내내 주변 사람들에게 극찬을 했다는 것만이 기억을 채우고 있었다. 결혼 후 처음이자 마지막으로 지윤아빠와 함께 보았던 영화라는 것도 영화가 시작되자 알 수 있었다.

왜 이 영화를 빌렸을까? 그녀는 스스로에게 물어보았다. 제목만 익숙한 이 영화를 빌린 이유가 갑자기 떠오르지 않았다.

이유를 알아내지 못하고 영화를 보았다. 분명 보았던 영화이건만, 영화는 낯설게 느껴졌다. 마치 처음 보는 영화 같은 느낌이었다.

영화는 두 남녀가 서로 다른 성격 때문에 헤어지는 과정에서부터 시작한다. 주인공 남녀는 기억을 지워주는 어느 회사를 찾아가 서로를 기억에서 지워버린다. 그런데 조금씩 지워지는 서로의 기억 속에서 그들은 미움보다 사랑했던 순간들이 더 많았음을 깨닫게 된다. 두 사람은 기억이 지워졌음에도 서로를 다시 사랑하게 된다. 영화가 말하려는 것은 어떤 기억이든, 사랑하는 사람과의 기억은 소중하다는 것이었다. 설사 그것이 고통의 기억일지라도.

지윤엄마는 영화의 자막이 올라가는 순간, 왜 자신이 이 영화를 빌렸는지 이유를 알 수 있었다. 지윤아빠와의 시간 중 가장 행복했던 기억을 끄집어내고 싶었던 것이다.

지윤이가 태어나고 지윤아빠와 처음으로 데이트를 즐겼던 날, 차를 타고 극장에 도착해서 바로 영화를 본 뒤 지윤이 걱정으로 차 한잔 제대로 마시지 못하고 돌아왔다. 세 시간, 아니 그보다 더 짧았을 것이다.

영화를 다 보고 차에 오른 지윤아빠가 그녀에게 말했다.

"우리 저런 바보 같은 짓 하지 말자."

"응?"

"아무리 지독한 기억이라도, 우리의 기억이기에 소중한 거 아닐까? 싸우더라도, 아프더라도, 힘들더라도 이 모든 기억은 우리가 공유하는 소중한 것이잖아. 가족, 사랑하는 사람과 공유하는 기억이기에 아프더라도 절대 지워버리지 말자. 차라리 이겨내자. 아픔도 힘겨움도 우리 잊지 말고 함께 이겨내자."

지윤아빠는 진지하게 말했다. 그녀가 피식 웃으며 지윤 아빠의 손을 잡았다.

"우리는 다 이겨낼 수 있어. 어떤 기억이라도 소중하게 생각하자는 말, 함께 이겨내자는 말, 우리 사랑을 담보로 맹세한 거야. 절대 어기면 안 돼. 알았지?"

지윤아빠가 텅 빈 팬시점 안을 지키고 있었다. 문 닫을 시간이 훌쩍 넘어갔지만 그는 일어날 생각을 하지 않았다. 예전 같았으면 목이 빠져라 퇴근시간을 기다리며 지윤엄마에게 저녁메뉴가 뭐냐고 물었을 것이다. 지윤이에게 필요한 것이 있느냐는 질문과 함께 아이스크림을 사 들고 바쁜

걸음을 옮겼을 것이다.

지금은 아니다. 자신이 돌아갈 곳은 혼자 덩그러니 누워 잘 수 있는 작은 원룸밖에 없다. 그는 의자에 앉아 바삐 돌아다니는 사람들을 바라보았다. '모두들 집으로 향하겠지? 가족이 있는 집으로 말이야.' 하고 그가 중얼거렸다.

한숨이 늘어지게 나오는 순간, 휴대폰이 메시지가 왔음을 알렸다.

- 〈이터널 선샤인〉이라는 영화 기억나? 당신과 마지막으로 함께 봤던 영화. 오늘 봤어. 왜 이렇게 뭉클하지? 우리 약속 아직 유효하다 믿고 싶어.

지윤엄마였다. 그는 천천히 장문의 메시지를 읽으며 기억을 떠올렸다. 내용이 기억나지 않았지만 하나의 대사가 그의 뇌리를 스쳐지나갔다.

"제발, 이 기억만은 지우지 말아주세요."

대사 하나가 떠오르자 전체적인 내용은 대충 만들어졌다. 그리고 그날 지윤엄마에게 했던 맹세도 선명하게 눈앞에 그려졌다. 그가 중얼거렸다.

"차라리 지금은, 기억을 지우고 싶다. 지윤이의 기억만이라도 지워주고 싶다."

지윤이의 아픔. 지윤이만 허락한다면, 그는 견뎌낼 수 있었다. 지윤이가 자신을 받아주기만 한다면 그런 아픔쯤이야 아무것도 아니라 생각했다. 지윤엄마와 노력한다면 모든 것을 이겨낼 자신이 충만했다. 헌데 지윤이가 거부한다. 기억을 거부하고, 아픔을 나누고자 하는 마음을 거부한다. 기회조차 주지 않는다. 함께 헤쳐나가야 하는 역할조차 그에게서 빼앗아 가버린 지윤이다. 아니, 그놈이다. 그놈은 지윤이에게 행복의 선택권을 빼앗고, 처절한 거부권만을 선물했다. 가족을 거부하고 아빠를 거부하게 만들어버린 그놈이다.

갑자기 떠오르는 그놈 생각에 지윤아빠는 치밀어 오르는 화를 이겨낼 수 없었다. 그는 자리에서 벌떡 일어나 팬시점 셔터를 급하게 내렸다. 영원히 꺼지지 않는 지옥불이 그의 가슴에 들어온 것 같았다. 이 뜨거움을 빨리 식혀야 했다. 그는 빠른 걸음으로 건너편 호프집으로 향했다.

잠깐 잠이 들었나? 지윤엄마가 휴대폰 진동에 정신을 차렸다. 잠을 잔 것은 아니었다. 깨어 있었지만, 자신이 깨어 있다는 것조차 모를 정도로 그녀는 넋이 나가 있었다.

이 시간에 전화를 할 사람은 지윤아빠뿐이었다. 술에 취한 전화일 것이다. 매번 그녀에게 전화를 할 때면 혀가 꼬인 목소리를 내었다. 그녀는 종종걸음으로 방을 나와 차분하게 전화를 받았다. "응." 하고 차분하게 말했다. 그런데 상대방은 지윤아빠가 아니었다.

"혹시 부인 되십니까?"

다급한 말이 전해져 왔다. 그녀의 손이 파르르 떨렸다. 그녀는 제발 자신이 상상하는 일이 아니기를 바라며 대답했다.

"사고가 났습니다. 지금 J병원으로 후송 중입니다. 빨리 와주셔야겠습니다. 생명이 위독합니다."

손에 힘이 빠지며 휴대폰이 떨어졌다. 휴대폰에서는 "여보세요! 여보세요!"라는 다급한 소리가 들려왔다. 그녀는 지윤이가 잠들어 있는 방 안을 잠시 들여다보았다. 그녀에게 상황 정리를 할 수 있는 시간이 없었다. '여보세요'를 반복하며 빨리 와달라는 급박한 목소리만 계속 울리고 있었다.

그녀가 휴대폰을 주워 들었다.

"금방 가겠습니다. 바로 다시 전화드릴게요."

차분함을 유지한 그녀의 딱딱한 말투에 상대방은 얼떨떨한 음성으로 "네." 하며 전화를 끊었다. 그녀는 바로 박민조의 전화번호를 찾았다. 손이 부들부들 경련을 일으켰다. 겨우 통화 버튼을 누르고 한 손으로 떨리는 손을 고정시켰다. 신호는 길게 이어졌다. 그녀가 방문 앞을 여러 번 서성거리고 나서야 잠에서 덜 깬 걸걸한 음색이 그녀를 맞이했다.

"예, 언니."

"민조 씨. 지금 지윤이 좀 봐줄 수 있어요?"

"네? 왜요?"

"미안해요. 지윤아빠, 많이 다쳤대요. 교통사고라는데 가봐야 할 것 같아요. 우리 집으로 지금 빨리 좀 와줘요. 민조 씨 이외의 다른 사람은 지윤이가 만난 적이 없어서요."

가라앉은, 서두르지도 않고 조급함도 보이지 않는 그녀. 오히려 급한 반응을 보이는 쪽은 박민조였다.

"언니. 지금 바로 갈게요. 15분이면 가요. 조금만 기다려요."

119대원이 쓰러진 지윤아빠를 간이침대에 옮겨 급하게 응급실로 데려왔다. 산소마스크를 쓴 그는 의식불명 상태였다. 머리에서는 피가 흘러내리고 온몸은 죽은 사람처럼 반응이 없었다. 그의 상태를 본 의사가 "안 되겠어. 일단 상태는 수술실에서 확인하지."라고 말하며 간이침대를 수술실로 끌고 갔다.

그가 의사와 함께 수술실로 들어가자마자 구급대원의 손에 들려 있는 휴대폰이 울렸다. 지윤엄마였다. 구급대원이 "네."라고 말을 꺼내자마자 떨리는 목소리가 대답할 틈도 주지 않고 정신없이 대원을 공격했다. 몇 분 전 통화를 했던 사람이 맞나, 의심이 갈 정도였다.

"우리 지윤아빠 괜찮아요? 어떻게 된 상황이에요? 왜 그렇게 다쳤어요? 얼마나 위험해요? 정말 죽을 수도 있는 거예요?" 수많은 물음들이 쉴 새 없이 계속됐다.

구급대원이 뭐라 말하려 하는데, 그녀의 말이 입을 막아버렸다.

"나 때문이에요. 나 때문에 이렇게 된 거예요. 모든 게 나 때문이에요."

*

열 시간의 대수술이었다. 나는 지윤아빠보다 구급대원을 먼저 찾았다. 구급대원은 아무 말도 전하지 않았다. 그저 머리를 심하게 다쳤고 그로 인해 수술실에서 위험한 사투를 벌이고 있다는 대답만을 전할 뿐이었다. 경찰이 오고 나서야 사건의 정황을 알 수 있었다. 경찰은 지윤아빠가 술에 취해 도로로 뛰어들었다는 목격자의 증언을 내게 전했다. 다른 가족들이었다면, '그럴 리가 없어요.'라며 발악했을 것이다. 하지만 나는 아무런 항변도 없이 그 말에 고개를 끄덕이며 주저앉았다. 경찰은 왜 이런 일이 벌어졌는지 이유를 물었다. 경찰은 내 대답을 기다리지 않았다. 곧이어 몰려들어온 기자들로 하여금 모든 상황이 정리되었다. 플래시가 터지는 순간순간, 가슴은 까맣게 타들어갔다. 기자들의 눈은 먹이를 발견한 하이에나 같았다.

"아이 때문에 벌어진 참극입니까?" 누군가 물었다. 나는 기자를 무섭게 노려보았다. 기자는 나의 증오를 느끼지 못했는지 "자살하려 했던 겁니까?"라고 다시 한 번 물었다. 먹살이라도 잡고 싶었다. 하지만 두 다리에 힘이 들어가지 않았다. 나를 대신해 병원 관계자들이 기자들을 쫓아냈다. 다음 날, 내 사진과 함께 지윤아빠가 자살로 추정되는 행위를 했다는 기사들이 신문 1면을 가득 채웠다. 지윤이의 지난 과거의 더러움이 또다시 기자들의 펜에 농락당했다.

힘들어할 여유 따위는 없었다. 지윤아빠가 수술시간을 훨씬 넘겼는데도 나오지 않았기 때문이다. 수술 중이라는 전광판이 꺼지기를 기다리고 기다렸다. 온몸의 힘은 풀렸는데, 두 눈은 계속 전광판을 향했다. 새벽부터 해가 중천에 오를 때까지도 전광판은 꺼지지 않았다.

의사가 말한 시간을 훨씬 넘긴 열두 시간 후에야 수술 중이라는 글자가 사라졌다. 그토록 기다렸던 시간이건만 온몸이 떨려왔다. 수술실 문이 열리자 제일 먼저 의사가 걸어 나왔다. 나는 다가오는 의사를 외면했다. 곧바로 뒤따라오는 그이가 누워 있는 침대를 먼저 확인했다. 다행인 걸까? 그의 얼굴에는 산소마스크가 씌어 있었다. 그제야 나는 의사를 바라보았다. 의사는 "수술은 잘됐지만……"이라는 말로 입을 떼었다. 지윤이에게 했던 말과 같았다. 다음 말을 짐작할 수 있었다. 깨어나봐야 상태를 알 수 있을 거라는…….

중환자실로 옮겨지는 도중, 5개월 동안 잡아본 적 없는 그이의 손을 잡았다. 아직 따뜻한 온기가 남아 있는 걸 확인하자 나도 모르게 안도의 한숨이 나왔다. 눈은 감겨 있지만 지윤이처럼 다시 깨어날 거라 굳게 믿고 싶었다.

잠들어 있는 누군가가 일어나길 바라는 마음을 사람들은 알까? 사랑하는 누군가가 어떤 상태로 깨어날지 모르는 시간의 지옥을 과연 사람들은 느껴보았을까?

물 한 모금 넘기지 못하고 피가 말라가는 고통으로 그이 곁을 지켰다. 육체는 한계를 말하고 있지만, 마음은 버텨내라 말한다. 결국 육체의 소리는 마음의 절박함에 잠식당한다. 한 시간, 두 시간, 의사가 말한 여덟 시간이 지났는데 그이는 깨어날 기미가 없었다. 벌써 의사가 세번째 다녀갔고 간호사를 셀 수 없이 붙잡아 왜 깨어나지 않느냐고 소리쳤다. 그때마다 들려오는 소리는 "선생님 불러드리겠습니다."라는 통상적 멘트뿐이었다.

신문과 뉴스를 통해 친척들이 지윤아빠의 소식을 들었다. 모두가 어떻게 된 일이냐며 나에게 물었다. 결국 정신없이 달려온 친척들로 나의 몸과 마음은 한계를 뛰어넘는 참을성과 인내를 보여야 했다.

시어머니는 오자마자 통곡했다. 엄마는 죄인처럼 고개를 숙이고 있었다. 시어머니가 "저년이 사람 잡아먹는 년이여!" 소리치며 내 머리채를 잡아당겼다. 아무런 아픔도 느껴지지 않았다. 시어머니의 험한 말들도 들려오지 않았다. 엄마와 다른 가족들이 시어머니를 말렸다. 나는 그저 그이가 눈 뜨기만을 기다리고 기다렸다. 엄청난 말들이 쏟아지면서도, 머리채가 잡혀 이리저리 고개가 돌아가면서도 나는 그이만 바라보았다.

"저년이 다 이렇게 만든 거 아니야! 우리 손녀도, 우리 지윤애비도 다 저년이 저렇게 만든 거 아니냐고! 아이고야! 내새끼 죽네. 내새끼 죽어!"

시어머니가 주저앉아 곡소리를 냈다. 의사와 간호사, 여러 친척들이 시어머니를 끌어냈다. 시어머니는 끌려가면서도 눈길 한번 주지 않는 나를 향해 사나운 말들을 뱉어냈다.

내 등 뒤로 따뜻한 손이 느껴졌다. 엄마였다.

"어떡하냐, 어떡해. 아이고……. 정말 어떡하냐."

절절한 엄마의 목소리에도 나는 돌아보지 않았다. 눈물도 흘리지 않았다. 그이 손만 잡았다.

"일어나야 돼. 나 혼자 감당할 수 없어. 비겁하게 당신

혼자 도망가려고 하지 마. 약속했잖아. 우리 약속했잖아. 당신, 꼭 이겨내야 돼. 일어나면 다 용서해줄게. 죽으려 했던 것도, 나를 포기하려 했던 것도. 다…… 다 용서할 테니까…… 좀 일어……나봐."

7일, 7일 만이었다. 7일이라는 시간. 사람들이 말하는 일주일. 주말을 향한 출발과 함께 시작되는 월요병까지. 나 역시 다른 사람들과 비슷한 시간을 살아왔었다. 월요병을 앓고, 금요일만 되면 가족과의 여행계획에 행복해하는 어느 누군가 중 하나였다. 하지만 달라졌다. 그놈이 우리 가족에게 더러운 저주를 선사한 후, 월요병도, 금요일의 즐거움도 느낄 수 없었다. 우리 가족에게는 허락되지 않는 사치의 시간들이 되어버린 것이다. 하지만 나는 그보다 더 지독한 일주일을 맞이했다. 차라리 그놈이 파탄 내버린 시간이 행복했었다고 느낄 만큼……. 피곤은 나에게 존재하지 않았다. 눈물도 말라버렸다. 친척들의 잔인한 시선도, 가슴을 갈가리 찢어버리는 독한 말들도 무감각하게 들을 수 있게 되었다. 하루하루 그이의 체온이 느껴진다는 것이, 아직은 호흡을 하고 심장이 뛰고 있다는 것이 터져버릴 것 같은 가슴에 진정제가 되어주고 있었다.

가족들 없는 조용한 시간이 더욱 힘겨웠다. 심장박동을 체크하는 기계소리만 들려오는 그 시간은 정말 참기 힘들었다. 갑자기 삐 하고 긴 소리를 내며 그이의 마지막을 알릴 것 같았다. 다행히도 가족들이 모진 말들을 쏟아내는 그 순간, 나는 그이의 심장이 뛰고 있음을 알리는 기계소리를 들을 수 있었다.

일주일. 그 시간은 나에게 엄청난 고뇌를 요구했다. 나로서는 도저히 감당할 수 없는, 한계를 뛰어넘는 인내와 용기를 필요로 했다. 희망도 아닌, 덧없는 꿈이라 생각되는, 흔적도 없는 것들을 부여잡고 버텨냈다. 지윤이와 함께 우리 가족이 다시 모이는 희박한 확률, 아니 우리에게는 결코 허락되지 않는 순간을 생각하며 싸우고 버텨왔다. 이미 진 싸움이었다. 그렇다고 이 모든 것들을 인정할 수는 없었다. 억울했다. 원통했다. 그놈을 인정하고 우리 가족의 현실을 인정하는 것보다 덧없는 꿈과 지윤아빠가 눈을 뜨길 바라는 쪽이 오히려 나에게는 쉬운 일이었다.

그래도 용서라는 자비는 허락되지 않는다. 그놈, 그놈은 나의 분신에 더러움을 선사하고 가슴을 죽였다. 그것도 모자라 지윤아빠라는 가장 크고 깊은 뿌리를 가진 나무를 잔인하게 베어버렸다. 거기다 다시 자라나지도 못하게 아예 뿌리까지 뽑아버리려 하고 있었다.

민조 씨가 나에게 매일 약을 가져다주었다. 그녀가 준 약을 먹으면 몽롱함과 함께 생각이라는 것이 억제된다. 몸이 무거워지며 잠이 쏟아졌다. 그 상태로 나는 일주일을 버텨왔다. 생각이 억제된 상태에서 나는 '우리'라는 행복의 단어를 생각했다. 잠이 쏟아지는 가운데에서도 눈을 3초 이상 감지 않고 버텨냈다.

기억하기 싫은 일주일.

나는 지윤아빠가 눈을 뜨는 순간 쓰러졌다. 편안함이었을까? 이혼하자는 그이가 그래도 아직은 내 남편이자 버팀목이라 생각했던 것일까? 허공을 향해 눈이 고정되는 지윤아빠의 모습에 나도 모르게 중얼거렸다.

"살아났다. 이제, 조금 자야겠다. 나 너무 피곤해. 지윤아빠, 사……랑……해……요."

나는 스르르 그이의 품 안에 안겼다.

얼마나 잠이 들었던 것일까? 깨어나니 병실에 누워 있었다. 팔에는 링거가 꽂혀 있었다. 잠을 자는 동안 아주 아름다운 꿈을 꾸었다. 지윤아빠가 내 머리를 어루만지며 자장가를 불러주는 꿈. 현실이라 생각이 들 정도로 선명한 꿈이었다. 우리가 사랑할 때도 단 한 번 하지 않았던 낯선 행동이었다. 왜 그런 꿈을 꾸었던 것일까?

무의식적으로 고개를 돌려 주위를 바라보았다. 민조 씨가 나를 지키고 있었다. 그녀가 "언니 정신이 좀 들어요?"라고 말했다. 나는 시계를 바라보며 '얼마나 잔 거예요?'라는 물음 대신 "지윤아빠는요? 지윤이는요?"라고 물었다. 그녀가 내 손을 잡았다. 불길한 기운이 엄습했다. 나도 모르게 손이 떨려왔다. 그녀는 대답 대신 다른 말을 내었다.

"꼬박 3일을 잤어요. 아니, 잠을 잤다기보다 쓰러진 거예요. 제가 가져다준 약 먹고도 한숨도 안 잤던 거예요?"

나 역시 대답 대신 "지윤아빠는요? 지윤이는요?"라고 다시 물었다. 그녀가 웃으며 말했다.

"괜찮아요. 언니, 조금 더 쉬어요. 선배는 멀쩡해요. 지금 곤히 자고 있어요. 지윤이도 저희 집에서 세상모르고 잠들었어요."

그녀가 벽에 걸린 시계를 향해 손짓했다. 시간은 새벽

3시를 향해 달려가고 있었다.

"내일 아침에 담당의사가 언니와 선배 상태를 자세하게 설명해드릴 거예요. 저도 언니에게 할 말이 있고요."

"무슨 얘기?"

"내일, 내일 이야기해요. 오늘은 푹 주무세요. 지윤이한테 가봐야 해요."

나는 그제야 지윤이가 혼자 있다는 생각이 들어 쉽게 고집을 꺾었다. 그녀가 내 손을 힘차게 쥐고는 병실을 빠져나갔다.

병실 문이 닫히며 어둠이 찾아왔다. 아무것도 보이지 않는 적막함 속에서 천장을 바라보았다. 무엇도 느껴지지 않는 공간. 차라리 이 공간처럼 아무것도 느끼지 못하는 나였으면 좋겠다고 생각했다. 아무런 감각도 느낌도 없는 무(無)의 상태. 갑자기 찾아들어온 어둠은 지윤아빠의 상상도 못할 행동을 이해하게 만들었다. '그이, 정말 그 방법만이 최선이라 생각했을까?'라는 의문이 찾아들어왔다. 〈이터널 션샤인〉. 그 영화에 나왔던 가장 증오하던 주인공처럼 나약한 인간이 되어버린 것일까? 그놈의 기억을 지우기 위한 선택으로 그이가 선택한 것이 죽음이었던 것일까? 아니라고 소리치는 나의 가슴속 외침은 현실의 냉정함과 잔인함 때문에 머리까지 닿지 않았다. 그래, 그렇다. 그이는 아마도 자신의 기억을 지움으로써 그놈과 지윤이의 상처를 지우려 했을 것이다. 그렇다고 지윤이의 상처가, 그놈이 세상에 존재하지 않는 것은 아니다. 아니, 그이도 알고 있을 것이다. 다만 자신이 도피함으로써 지금의 고통을 덜어내려 했을 것이다. 어쩌면 지윤이와 나를 데려가고 싶었는지도 모르겠다. 이렇게 생각하니 오싹한 기분이 엄습했다. 어느 신문 기사들을 보면 가난, 빚으로 가족들과 함께 자살하는 사람들의 이야기가 나온다. 이해할 수 없었다. 그 힘으로 살아가고 버텨내야 한다 생각했다. 죽으려면 혼자 죽지 왜 가족들까지 함께 차갑게 식어가길 바라는지 이해할 수 없었다. 하지만, 그들에게 선택의 여지가 없다는 확신이 들었다. 나라도 그랬을 것이다. 나라도, 저 세상에서 함께 행복을 느끼려 했을 것이다.

이렇게 생각하니 지윤아빠의 무모한 행동에 또 다른 의문이 가슴속 문을 두드렸다. 그이, 무슨 생각으로 혼자 가려 했던 것일까? 나와 지윤이를 함께 데려가지 않고 왜 혼자 가려 했던 것일까? 정말 모든 걸 포기하고 싶어서인가? 지윤이와 내가 함께 따라가게 된다면, 기억이 따라오게 되어 죽으나 사나 여전히 괴로움을 느낀다 생각한 것일까?

어두운 방은 여러 감정과 생각들로 가득했다. 조금 전의 고요함은 아주 잠시만 허락될 뿐이었다. 민조 씨가 놓고 간 수면제 통을 열었다. 한 알을 꺼냈다가 두 알을 더 꺼냈다. 단숨에 약을 들이켰지만 두 눈은 계속 어두운 천장을 향한 채 껌벅이고 있었다. 눈을 감는 것이 두려웠다. 잠에 빠져드는 순간 가위에 눌리는 지겨운 경험에 지쳐버렸다.

나도 모르게 입이 열렸다.

"우리, 정말 모든 걸 지워버려야 하나? 그게 가장 현명한 방법일까?"

잠이 온다. 조금씩 몸이 무거워진다. 오늘만큼은, 우리가 함께하는 행복한 꿈이 나에게 찾아오길.

"언니, 일어나요. 무슨 식은땀을 그렇게 흘려요? 꿈이라도 꾼 거예요?"

민조 씨의 목소리가 나를 지긋지긋한 악몽에서 구원해 주었다. 환자복이 축축하게 젖어 있었다. 물을 찾으러 시선을 돌리는데 지윤이가 불안한 모습으로 나를 바라보고 있었다.

"지윤이와 함께 왔어요."

지윤이, 내 딸이 체온이 내려간 내 손을 잡았다. 꿈속의 악몽을 되짚어볼 겨를도 없이 나는 환하게 웃음을 지어 보였다. 오전 10시를 훌쩍 넘긴 시간이었다. 민조 씨는 지윤이의 머리를 쓰다듬으며 말했다.

"선배 담당교수님께서 오시기로 했어요. 저는 지윤이랑 잠시 나가 있을게요."

말이 끝나자마자 노크소리와 함께 지윤아빠를 수술한 나이 지긋한 의사가 문을 열고 들어왔다. 민조 씨는 가볍게 인사를 하고 지윤이와 함께 병실을 빠져나갔다. 나는 의사를 바라보기보단 뒤돌아보는 지윤이에게 애써 태연한 웃음으로 나가 있으라는 손짓을 보였다.

문이 닫히는 소리와 함께 민조 씨와 지윤이가 사라졌다. 나는 굳은 표정으로 의사를 바라보았다.

"수술은 성공적입니다. 회복도 빠르게 진행되고 있습니다. 걱정이 많았는데 마비증상이 나타나는 곳도 없고 아주 건강합니다."

나도 모르게 안도의 한숨을 내쉬었다. 긴장이 풀려버리

니 몸이 조금씩 쑤셨다. 나는 편안한 자세로 침대에 기대려 했다.

"그런데 말이죠."

나의 몸이 일순간 정지했다. 근육이 수축되며 고통을 마비시켰다. 내 얼굴은 조금 전과 같은 표정으로 변했다. 몸은 원래의 위치로 되돌아왔다. 내가 먼저 의사의 손을 잡고 힘을 주었다.

"기억상실 증상이 있습니다. 지능장애도 동반하는 것 같아요. 자세한 건 박 선생에게 물어보시는 것이 좋을 듯합니다."

"기억……상실이라니요? 지능장애는 또 무슨 말인지……."

"정신과적인 부분을 설명하기에는 박 선생이 나을 듯합니다. 제가 말씀드릴 수 있는 것은 여기까지입니다."

의사는 애써 대답을 피했다. 내가 일어나려 하자 주위에 있던 간호사들이 나를 만류했다.

"무슨 말인지 설명을 해주셔야죠. 지금 그 말은 지윤아빠가 기억을 못 하고 저능아가 되었다는 말씀인가요? 그게 무슨 말이에요!"

이성이 무너지며 나는 결국 소리를 내질렀다. 눈물과 식은땀이 동시에 얼굴을 타고 흘러내렸다. 의사는 아무 말 없이 고개를 숙였다. 어떻게 이야기할지 아무 대책도 없이 찾아온 듯했다. 나는 의사의 손을 사정없이 흔들었다.

"그게 무슨 말이냐고요! 뭐가 어떻게 된 거냐고요!"

내가 정신없이 몸부림치자 사람들이 강한 힘으로 제압했다. 그때 민조 씨가 문을 열고 들어왔다. 지윤이는 없었다.

"지윤이는요?"

나는 지윤아빠보다 지윤이를 먼저 찾았다.

"걱정 마세요. 지금 소아병동에서 미술치료를 받고 있어요. 제가 설명할게요. 제가 다 말씀드릴게요."

민조 씨의 말에 나는 의사를 풀어주었다. 의사는 황급히 자리를 빠져나갔다. 나는 그녀를 뚫어져라 응시했다. 민조 씨가 침대에 걸터앉아 내 손을 잡았다. 긴 호흡을 한 번 하고는 단번에 말을 내뱉었다.

"사람은 말이죠. 기억하고 싶지 않은 기억을 스스로 삭제하는 능력이 있어요. 죽음보다 독한 기억은 자신도 모르게 머리가 삭제해요. 지금 선배는 지윤이 일을 당했던 당시를 기억하지 못해요. 해리성 기억장애라고도 하고 선택적 기억장애라고도 해요."

"그럼, 의사가 말했던 지능장애는 또 무슨 말인가요?"

민조 씨가 머리를 긁적였다. 어떻게 설명을 해야 할지 자신도 잘 모르겠다는 표정이었다. 살짝 인상을 구기며 잠시 생각에 잠겨 있던 민조 씨가 말문을 열었다.

"저도 잘 모르겠어요. 머리에 출혈은 심했지만 신경 쪽은 전혀 문제가 없었어요. 오히려 머리보다는 내장파열로 위급했던 수술이었죠. 머리는 충격도 별로 없었고 지극히 정상이에요."

"그럼 왜 그런지 전혀 이유를 알 수 없는 거예요?"

"사고로 인한 지능장애는 아닐 거라 생각해요. 선택적 기억장애를 동반하는 것은 증명할 수 있는데 지능장애는 아직 어떠한 소견도 말씀드릴 수 없어요. 다만 제가 생각할 때에는 선배 스스로가 그렇게 만들었을 거라 추측해요. 지윤이와 같아지고 싶었던 거죠. 지윤이와 함께하고 싶고, 어떻게 해서라도 지윤이와 함께 살고 싶은 마음이 크게 작용한 것 같아요."

갑자기 마음이 차분해졌다. 무엇 때문이었을까? 당황스러움과 답답함은 나에게 사치라는 생각이 내 머리와 가슴을 파고들었다. 잠시 눈을 감고 생각했다. '왜 그렇게 되었을까?'라는 의문보다는 '앞으로 우리 가족을 어떻게 지켜나가야 할까?'라는 생각이 더욱 크게 자리 잡았다.

"지능장애라는 것이 정확히 어떤 증상인 건가요? 바보가 되었다는 거예요? 정확하게 말해봐요."

나는 침착하게 말했다. 왜 그렇게 되었는지 묻는 것은 무의미했다. 차라리 그이의 상태를 정확하게 알고, 앞으로의 일을 대비하는 것이 현명하고 올바른 행동이었다.

"8세에서 12세 사이의 지능을 가진 것으로 판단돼요. 정확한 것은 선배가 정상적으로 활동이 가능해졌을 때 검사해봐야 알 수 있을 것 같아요. 그런데 언니가 아내이고 지윤이가 딸이라는 것은 정확하게 인지하고 있어요. 언니와 연애시절의 기억도, 지윤이와 함께했던 순간도 모두 인지하고 있어요. 다만 행동적, 정신적 사고가 갑자기 저하되었어요. 쉽게 말해서 일반적으로 행동과 말, 생각하는 지능적인 부분이 8세에서 12세 사이라는 것이죠."

"잘 모르겠어요. 민조 씨 말이 무슨 뜻인지."

나는 민조 씨에게서 손을 빼내 얼굴을 감쌌다. 민조 씨가 나를 살며시 안아주었다. 나는 민조 씨에게 물었다. 그녀의 대답에 의지하고 싶었다.

"다행인 거죠? 그래도, 다행인 거죠?"

민조 씨가 답했다.

"모르겠어요. 다행인지, 불행인지."

의사는 나에게 몸을 추스르라 했지만, 그럴 만한 사치를 부릴 수 없었다. 나는 지윤이와 함께 병원 밥을 먹고 지윤이가 잠든 사이, 민조 씨와 함께 지윤아빠를 찾았다. 그이가 있는 병실 앞에 도착하자 나도 모르게 문을 열기 두려워졌다. 민조 씨는 나의 심적인 갈등을 아는지 내가 다짐을 할 때까지 묵묵히 기다려주었다. 두 주먹에 힘을 불끈 쥐었다. 떨어지지 않는 발을 한 걸음, 한 걸음 억지로 떼어보았다. 힘겹게 반응하는 몸으로 아주 천천히 병실 문을 열고 안으로 들어갔다.

병실은 TV 소리로 시끄러웠다. 지윤이가 자주 보는 만화영화가 방영되고 있었다. 지윤아빠는 누가 들어왔는지도 모르고 만화에 집중하고 있었다. 그이의 등이 작게 느껴졌다. 연약한 아이 같은⋯⋯. 나도 모르게 입술을 깨물었다. 돌덩이처럼 굳어버린 몸은 아무런 움직임도 보이지 않았다. 심장만이, 내가 살아 있고 극도의 흥분에 젖어 있음을 알리고 있었다.

민조 씨가 내 눈치를 살짝 보더니 그이를 불렀다.

"선배."

그제야 지윤아빠가 돌아보았다.

"어? 각시 왔네!"

지윤아빠가 침대에서 펄쩍 뛰어내려 단숨에 나에게 달려왔다. 나를 있는 힘껏 안으며 말했다.

"왜 이제 왔어? 얼마나 보고 싶었는데. 어디 갔다가 온 거야? 지윤이는? 지윤이는 어디 있어? 같이 만화 봐야 되는데."

아픔을 겪기 전 지윤이의 행동과 말투, 그이가 대신 보여주고 있었다. 어이없는 눈물이 터져 나왔다. 어이가 없다. 정말 어이가 없었다. 지금의 이 상황을 어떻게 받아들여야 하는 것일까? 아이가 되어버렸다. 그렇다고 아이로 치부해 버리기에는 너무 억울했다. 나를 빤히 바라보며 즐거움에 이리저리 펄쩍펄쩍 뛰어다니는 그이는 가장이라고 보기엔 너무 초라했다. 암흑이 눈앞에 펼쳐졌다. 지금까지의 힘겨움은 아무것도 아닌 것이 되어버리는, 아주 큰 짐이 나에게 건네졌다. 버리고 갈 수 없다는 것을 알고 있다. 강요는 아니지만 어쩔 수 없이 짊어지고 힘겨운 여정을 해야 한다.

"각시 왜 울어?"

나를 안고 있던 지윤아빠의 얼굴에 내 눈물이 닿았다. 그이가 다급하게 내 얼굴을 빤히 바라보며 물었다. 주체할 수 없이 눈물이 터져 나왔다. 그이가 황급히 화장지를 찾았다. 재빨리 다시 다가온 그이가 내 두 눈을 화장지로 덮어버렸다.

그이가 눈물을 글썽였다.

"울지 마. 각시야, 울지 마."

이내 지윤아빠의 두 눈에서도 눈물이 터져나왔다. 나는 그런 지윤아빠를 힘차게 안았다. 의지가 될 수 있을까? 확인하고 싶었다. 이런 그이가 나에게 의지가 되고 힘이 되어줄 수 있을까? 그이의 몸은 따뜻했다. 어깨가 들썩이는 느낌이 생생하게 전해졌다. 그의 심장 소리가 나에게 느껴졌다. 얼마 만에 안아보는 그이일까? 우리가 언제 이렇게 안아보았을까?

"행복하다 해야 하나? 다시 안을 수 있으니 말이야. 정말 복잡하다, 이 모든 상황. 거짓이었으면 좋겠다."

악몽을 꾸고 있다 최면을 걸고 싶었다. 이 상황이 악몽이라면, 내가 깨어났을 땐 지윤아빠도 지윤이도 모두 내 곁에서 웃고 있을 테니까.

4화. 메멘토

지윤아빠가 하루 종일 병실 침대에 누워 TV를 바라본다. 여느 어른들과는 다르게 어린이 프로그램만 연신 틀어대고 있다. 깔깔깔 웃기도 하고 낮잠을 자기도 한다. 한가득 쌓여 있는 과자와 음료수, 이리저리 널브러진 동화책과 만화책, 장난감으로 병실은 난장판이었다.

박민조가 노크도 없이 병실 문을 열고 들어왔다. 요즘 한창 보고 있는 만화에 집중하고 있던 지윤아빠는 인기척에도 TV에서 눈을 떼지 않았다.

"선배, 이게 다 뭐예요!"

시장통 같은 병실 안을 두리번거리며 박민조가 말했다. 지윤아빠는 동문서답으로 일관했다.

"나 팬시점 가서 일해야 되는데 언제까지 여기 있어야 돼? 집에는 언제 가?"

천천히 박민조를 돌아보며 지윤아빠가 쓸쓸한 목소리를 내었다.

"언니 많이 보고 싶어요?"

"응, 지윤이도 많이 보고 싶어. 〈슈렉〉봐야 하는데. 나 돈 벌어야 지윤이 장난감도 사주는데. 나 집에 가면 안 돼?"

"열흘만 더 여기서 지내요. 그럼 집에 갈 수 있어요."

박민조가 아이를 대할 때처럼 지윤아빠의 머리를 쓰다듬었다. 그는 신경질적으로 그녀의 손을 뿌리쳤다.

"언제까지! 벌써 스무 밤이나 지났잖아. 처음에는 3일만 자면 된다면서 왜 안 보내줘! 나 돈도 없단 말이야!"

"언니가 팬시점에 나가 있어요. 그러니 돈 걱정은 말아요. 지윤이 인형도 매일 언니가 사준대요."

"그럼 지윤이는! 지윤이는 누가 보고!"

"지윤이는 내가 돌보기도 하고 지윤이 외할머니가 봐주기도 해요. 걱정 말아요."

"됐어! 저리 가!"

지윤아빠가 등을 돌리며 씩씩거렸다. 박민조가 그의 등

을 어루만졌으나 매몰차게 거절당했다. 벌써 이 같은 입씨름이 한 달째 이어지고 있었다. 병원을 나가겠다, 아직 나갈 수 없다, 고집을 부린 지 오늘로서 딱 한 달이 되어버렸다. 그동안 상처는 모두 아물고 정상적인 생활을 할 수 있을 만큼 건강해졌다. 알 수 없는 정신적 질병만을 빼고는 모든 것이 정상이었다. 아니, 예전보다 건강해졌다. 담배를 끊고 술을 끊었다. 끼니때마다 병원 밥을 꼬박꼬박 챙겨 먹고 군것질도 늘었다. 덕분에 살이 포동포동 올라 있었다. 그 일 이후 항시 달고 다니던 스트레스성 위궤양도 말끔히 치료가 되었다.

"선배, 딱 열흘만 참아요. 정말 그땐 다 나을 수 있어요. 이번에는 진짜 맹세할게요."

"정말이지? 정말 열 밤만 자면 보내줄 거지?"

"네, 약속."

지윤아빠가 고개를 돌렸다. 박민조가 새끼손가락을 내밀었다.

"열 밤만 지나면 지윤이와 지윤엄마랑 만날 수 있다. 헤헤, 민조야! 우리 레고 가지고 놀자."

지윤엄마가 팬시점에서 컴퓨터로 무언가를 검색하고 있었다. 지윤아빠와 같은 병을 겪는 사람들을 찾아보기 위해서였다. 하지만 어디에도 지윤아빠 같은 케이스를 찾아내지 못했다.

20일 전, 지윤아빠의 지능을 테스트한 결과를 박민조가 알려주었다. 그날은 아주 늦은 시간이었다. 지윤이는 잠에 빠져들어 있었고, 그녀는 여전히 밤잠을 설치고 있었다. 박민조에게 전화가 걸려왔다. "차마 언니를 마주 보고 말할 수 없을 것 같아서요."라고 시작된 말은 그녀에게 절망을 안겨주었다.

"지윤이와 비슷한 지능을 보여요. 여덟 살 정도 지능이라고 보시면 적당해요. 그래도 해리장애는 일시적인 기억상실이니 곧 원래대로 돌아올 수 있을 거예요. 기억이 돌아오면 지능도 다시 정상으로 회복될 수 있을 거예요. 가능성이 아주 높은 이야기이니 희망을 가졌으면 해요. 스스로 기억을 지워버리면서 지능저하가 나타났기 때문에 기억이 돌아오면 원래대로 회복될 가능성이 커요. 스스로의 방어수단으로 기억을 지우면서 그런 증상이 동반했다면, 기억이 돌아온 상태에서도 방어수단을 선택해야 될 거예요. 지금 상태로는 감당하기 힘든 기억들이기 때문에 또다시 스스로 지능을 높이는 방법을 선택할 수밖에 없을 거예요."

박민조의 설명에 지윤엄마는 절망의 곡소리를 낼 수 없었다. 이제 현실적인 부분마저 자신이 감당해야 하는 순간이 찾아왔기 때문이다. 그녀는 다음 날 바로 팬시점으로 출근했다. 출근하기 전 지윤이를 박민조에게 맡기고, 늦은 퇴근시간에는 지윤이 외할머니 집으로 달려가 지윤이를 데려왔다.

한가할 것 같았던 팬시점은 그야말로 전쟁터였다. 지윤아빠가 정리해놓은 서류들은 산더미였고, 엑셀이나 파워포인트 같은 프로그램을 모르는 그녀에게는 일일정산조차 쉽지 않은 일이었다. 카드단말기조차 어떻게 사용하는지 몰라 옆 편의점 알바생에게 30분이 넘도록 교육을 받아야만 했다.

그래도 그녀는 무섭게 일에 적응해갔다. 물러설 곳이 없기에. 시험을 준비하며 밤을 새우는 학생들보다 더 열심히 일에 몰두했다. 일주일이 지나자 조금씩 가게일이 눈에 들어오기 시작했다. 여유라고는 생각할 엄두도 나지 않는 시간이었다. 일이 손에 익어가기 시작하자 머리는 지윤아빠와 지윤이를 생각하기 시작했다. 서툴렀던 손은 머리가 다른 생각을 만들어내도 무의식적으로 움직였다. 생각이 많아지자 육체적인 힘겨움보다 정신적 스트레스가 쌓여가기 시작했다. 그녀는 문득 '지윤아빠도 이렇게 수만 가지의 생각 속에서 힘들어했을까?'라는 의문을 가슴속에 가졌다. 지윤이를 볼 수 없는 이 시간이 불안하고 초조했다. 지윤이가 울지는 않을까? 나를 찾지는 않을까? 또다시 불안 증세를 보이며 짜증을 부리지는 않을까? 주머니는 갈았을까? 어디가 아프다 말하지는 않을까? 온갖 생각들이 계속해서 자신을 괴롭혔다. 그때마다 엄마에게 확인 전화를 걸었다. 지윤아빠는 전화조차 하지 못한 채 어떻게 이 상황을 견뎌낸 것일까? 생각하니 그의 마음을 백번 이해할 수 있을 것 같았다. 눈에 보이는 상황, 눈에 보이지 않는 상황과 그것은 너무도 다른 해석을 안고 찾아온다는 것을 깨닫게 되었다.

지윤엄마는 영화 〈메멘토〉가 떠올랐다. 지윤이를 임신하기 전 마지막으로 지윤아빠와 함께 봤던 영화이기도 했다. 어쩌면 그와 그녀는 영화라는 공통된 취미가 있었기에 이렇듯 동반자가 되었을 것이다. 영화를 빼놓는다면, 별다른 추억이 없을 정도였으니까. 영화의 스토리는 지금까지 봤던 어떤 영화보다도 치밀했다. 처음에는 잘 이해가 되지 않던 부분들이 시간이 지날수록 납득되었고, 몇 날 며칠을 그 영화 속 의문을 풀어내는 데 시간을 보냈다.

줄거리는 성폭행을 당하고 무참하게 살해된 아내로 인하여 기억상실증에 걸린 한 남자의 이야기이다. 그는 10분 이상 기억을 유지하지 못한 채로 살아가고 있었다. 자신의 이름과 아내가 살해당하던 날의 무참한 기억만을 가진 그는 범인을 찾아 나선다. 대신 10분의 기억을 사진과 메모, 심지어 문신까지 새겨가며 기록해둔다.

그 영화 속 남자는 자신의 기억을 불안해하며 고통스러워한다. 지윤아빠도 그랬을 것이다. 같은 맥락은 아니더라도 비슷한 맥락임은 분명했다. 영화는 기억의 조작이라는 것을 이야기하기도 했다. 그 때문에 불안감을 느끼는 주인공의 갈등은 미치광이와 비슷했다. 그도 그랬을 것이다. 보이지 않는 상황 속에 멋대로 쓰여지는 기억의 조작. 지윤이의 지독한 상처를 가지고 멋대로 끼적이는 공상이 죽도록 그를 괴롭혔을 것이다.

"내가 뭘 하고 있었지? 저자를 쫓고 있었군. 이런 쫓기고 있잖아."

그녀는 영화 속 대사와 지윤아빠의 모습이 문득 겹쳐 보이기 시작했다. 아마 그이는 기억을 제멋대로 쫓아가다 어느 순간 기억에 쫓기고 있었을 것이다. 이런 생각에 이르자 가슴이 찢어질듯 아파왔다.

지윤엄마는 반복되는 동작 와중에 지윤아빠의 입장이 되어 지난 시간들을 되돌아보았다. 그놈이 울타리를 넘기전, 분명 그이는 퇴근시간을 기다리며 매일매일 열심히 일했을 것이다. 그리고 하루하루 늘어가는 매상에 우리의 미래의 행복도 탄탄해진다 믿었을 것이다. 하지만 쑥대밭으로 만들어버린 상황에서 그이는 의미 없는 손님들을 받고, 의미 없는 돈을 벌며 그 무엇의 행복도 느낄 수 없었을 것이다. 지금의 그녀처럼 쓸데없는 공상 속에 힘들어하며 하루하루를 원망과 분노로 보냈을 것이다.

이렇게 생각하니 지윤엄마는 자신도 모르게 바닥에 주저앉아버렸다. 이 무거운 짐을 어찌 감당했을까? 그래서였을까? 스스로 몸을 던져 죽음을 선택했던 이유는? 다시 살아났다는 것을 무의식 속에 느끼고는 기억을 지워버리려 지능을 퇴화시킨 그의 상황이 너무도 쉽게 이해되고 있었다.

잠시 멍하니 정면을 응시했다. 누군가가 "저기, 계산 좀 해주세요." 하고 그녀의 어깨를 두드리고 나서야 창백한 얼굴로 카운터를 향해 걸어갈 수 있었다. 그녀는 계산을 마치고 다시 지윤아빠의 심정을 되짚어보려 했다. 의자에 앉아 턱을 괴었다. 처음으로 그의 입장에서 모든 것을 생각하고 변호해주고 싶었다. 그때, 가게 전화벨이 쩌렁쩌렁하게 울리며 그녀의 생각을 방해했다.

"네, 팬시점입니다."

"언니, 저 민조예요."

"아! 민조 씨. 무슨 일 있어요?"

"오늘 좀 만나야겠어요. 할 이야기가 있어서."

"네?"

"선배 이야기예요. 퇴근 후에 집으로 갈게요. 지윤이는 제가 데려갈 테니 오늘은 일찍 문 닫고 오세요."

지윤엄마가 수화기를 내려놓으며 중얼거렸다.

"그래, 당신 입장정리가 우선이 아니다. 바로 지금 우리가 문제다."

박민조가 지윤이와 함께 먼저 도착해 있었다. 지윤이는

엄마를 찾으며 침대에 누워 말똥말똥 눈을 껌뻑였다. 그녀가 따뜻한 우유를 지윤이에게 건넸다. 지윤이는 아기 새처럼 천천히 조금씩 우유를 마셨다. 그녀는 병원에서 나오기 전 가져온 동화책을 지윤이에게 읽어주고 있었다. 긴박한 동화 속 내용을 이야기하려는 찰나, 현관문 비밀번호를 누르는 소리가 들렸다. 지윤이가 벌떡 일어나 문 앞으로 달려나갔다. 그 뒤를 그녀가 따랐다.

문이 열리며 지윤엄마가 모습을 드러냈다. 지윤이가 와락 안겼다. 박민조가 방긋 웃으며 곁으로 다가갔다.

"조금 늦었네요. 먼저 와서 기다리고 있었어요."

"미안해요. 차가 좀 막혀서. 오래 기다렸어요?"

"아니요. 언니 일단 지윤이부터 재우고 이야기해요."

박민조가 주방으로 향했다. 자연스럽게 커피 물을 올리고 식탁에 앉아 있었다. 지윤엄마는 지윤이를 데리고 방 안으로 들어갔다. 잠시 후 커피포트의 물이 부글부글 끓어올랐다. 박민조는 자신은 커피를, 지윤엄마에게는 율무차를 준비하여 식탁에 내려놓았다.

박민조가 커피를 다 마실 때까지 지윤엄마는 방 안에서 나오지 않았다. 잠시 생각에 빠져 있던 그녀가 율무차가 식어버린 것을 발견하고는 다시 물을 올렸다. 율무차는 그대로 버려졌다. 다시 커피포트가 부글부글 끓어올랐다. 조금 전과 같이 진한 커피 한 잔과 율무차 한 잔을 식탁 위에 내려놓았다.

박민조가 뜨거운 커피를 한 모금 마시는데, 종종걸음으로 지윤엄마가 방에서 나와 문을 살짝 열어놓고 식탁으로 다가왔다.

"언니 드세요."

박민조가 조용한 목소리로 말했다. 지윤엄마가 두 손으로 머그잔을 들어 율무차를 맛보았다. 박민조는 바로 본론을 꺼내놓았다.

"언니, 언제까지 팬시점에 나가실 거예요? 지윤이는 엄마가 곁에 있어야 돼요. 지금 지윤이가 다시 불안 증세를 강하게 보이고 있어요. 그리고 선배도 퇴원을 강력하게 원해요."

"방법이 없어요. 어떻게 해야 할지 모르겠어요. 지금 상태로는 가장 최선의 방법이라 생각해요. 지윤이가 많이 힘들어하는데, 정말 저도 답답해요. 뭐가 제일 먼저인지 잘 알고 있는데, 상황이 너무 힘들어요."

"언니, 선배에게 가게를 맡겨요."

박민조의 말에 지윤엄마가 멍한 시선을 그녀에게 고정했다.

"하루 종일 생각해봤어요. 지금 선배는 지능장애를 가지고 있지만, 부정을 강하게 나타내고 있어요. 잘할 수 있을 거라고 봐요. 상황이 절망만은 아녜요. 선배, 정말 강하게 원해요. 지윤이와 언니와 함께하기를. 언니가 잘 풀어나가야 돼요. 가장 중요한 열쇠는 언니가 쥐고 있어요. 언니가 중심이 되어서 지금의 상황을 모두 이끌어야 해요."

지윤엄마의 온몸이 경련을 일으켰다. 중심이 되어야 하는 상황. 박민조의 말에 희망이 찾아옴과 동시에 무게가 더해졌다. 그녀는 긴장과 함께 말을 받았다.

"잘할 수 있을까요?"

지윤엄마는 박민조에게 '네. 분명 잘 할 수 있어요.'라는 말과 '다시 행복을 찾을 수 있어요.'라는 말을 원했다. 하지만 박민조는 더 강한 의지를 부여하는 말로 그녀를 자극했다.

"해야 돼요. 지윤이 엄마라면, 사랑하는 한 남자의 아내라면……."

*

민조 씨가 다녀간 뒤, 몇 날 며칠을 고민으로 보냈다. 민조 씨는 나에게 어떠한 방법도 알려주지 않았다. 그저 지윤아빠 가 정상적으로 일을 할 수 있을 거라는 말과 함께 내가 그 힘 을 주어야 된다는 말만을 되풀이했다. 삭막한 가르침 속에 어떻게 해야 할지 막막함만이 머리를 두드리고 있었다.

일주일이 흘러가고 있었다. 나는 여전히 팬시점에서 사 람들을 상대하며 지윤아빠의 빈자리를 채워야 했다. 오늘 의 시간이 지독했다. 내일의 시간도 같을 것이다. 미래가 없 는 삶, 앞이 보이지 않는 어두운 길을 그저 하루하루 걸어 갈 뿐이다. 그이도 그랬을 것이다. 이 지겨운 삶 속에서 가 족이라는 의지할 곳마저 무너져버린 지금, 그 무엇도 남은 게 없었다. 보람도, 즐거움도 없는 지금이 지옥보다 버텨내 기 힘들었을 것이다.

장부를 정리하는 일에 익숙해졌다. 물건을 진열하는 일 도 익숙해졌다. 카드계산도 능숙하다. 하지만, 아직도 지윤 이의 고통에는 익숙해지지 못했다. 아직도 지윤아빠의 변 화에 능숙하게 대처하지 못하겠다. 지금 나에게 필요한 것은 무엇일까? 내가 뭘 어찌 할 수 있을까?

하루의 시간은 온통 지윤이와 그이 생각으로 가득하다. 밥을 먹으면서도, 두세 시간의 수면 후 피로에 찌들어버린 육체를 팬시점으로 끌고 가면서도, 언제나 하나의 생각만이 나를 잠식하고 있었다.

무의식 속에서도 노동은 계속되고 있었다. 한 통의 전화가 걸려왔다. 휴대폰 벨소리가 나를 긴장시켰다. 단 한 번도 먼저 전화를 하지 않던 엄마의 전화였다. 나는 엄마를 부르지 않고 다급하게 "무슨 일이야?"라고 물었다. 그런데 나보다 엄마의 목소리가 더 급박했다.

"지윤이가…… 계속 소리 지르면서 음식을 마구잡이로 집어 먹는다."

오랜만에 찾아온 증상이었다. 나는 휴대폰을 귀에 대고 달리기 시작했다. 천호동까지의 거리가 얼마인지 계산하고 가장 빠른 길을 선택했다. 운전이 서툰 나보다는 택시를 타는 게 훨씬 현명한 방법이라는 판단이 섰다.

택시에 오르자마자 나는 최대한 빨리 가달라고 부탁하며 계속 엄마와의 통화를 이어갔다.

"엄마, 진정해. 일단 지윤이 안아줘. 안고 노래를 불러."

"응? 뭐라고?"

"지윤이 안고 노래 부르라고! 율동을 하란 말이야! 그러다 지윤이 죽어! 빨리, 빨리!"

나도 모르게 목소리가 높아졌다. 택시기사도 급박하다는 것을 인지했는지 속도를 높였다.

"엄마, 바꿔줘. 빨리 지윤이 바꿔줘. 빨리!"

엄마는 나의 거친 말투에 당황보다는 재빠른 행동으로 지윤이 귀에 전화기를 전달했다.

"지윤아, 엄마야. 또 아야 하려고 그래?"

내가 미쳐버린 것일까? 방금 전까지와는 전혀 다른 부드러운 목소리로 지윤이를 달래기 시작했다.

"엄마 지금 가는데, 지윤이 오늘 뭐 하고 놀까? 엄마가 노래 불러줄게."

나는 동요를 불러대기 시작했다. 나도 모르게 혼자서 율동도 했다. 제발 이 애타는 간절함이 지윤이에게 전달되길 바라며.

바람이 통하지 않는 것일까? 정녕 신은 존재하지 않는 것일까? 지윤이는 계속 아무 말 없이 쩝쩝거리고 있었다. 소름이 돋았다. 지윤이의 행동으로 인한 오싹함이 아닌, 그놈의 끔찍함이 아직도 우리 곁에 남아 있다는 사실이 뼈저리게 느껴지는 공포였다.

천호동에 거의 다다랐다. 다리는 부들부들 떨려오고 온몸은 계속된 율동으로 흠뻑 젖어 있었다. 멈출 수 없었다. 노래도, 율동도. 지금 멈춰버리고 휴대폰을 내려놓는다면 끝나지 않을 것 같은 울음이 나를 찾아올 것이다. 이대로 계속 가야만 한다. 지윤이를 만날 때까지 나는, 쉴 수 없었다.

택시가 목적지에 정차하자마자 나는 잔돈도 거슬러 받지 않고 정신없이 안으로 달렸다. 엘리베이터는 한참이나 기다려야 할 것 같았다. 나는 계단으로 정신없이 뛰어가면서도 휴대폰을 붙들고 노래를 멈추지 않았다. 헐떡거리는 숨이 지윤이에게 그놈을 생각나게 할까 두려워 억지로 참아보았다. 내 노랫소리가 멀리에서도 들렸는지 엄마가 문을 열고 기다리고 있었다.

나는 신발도 벗지 않은 채 안으로 들어갔다. 신경질적인 모습으로, 마구잡이로 과자를 입에 털어 넣는 지윤이를 번쩍 안아들었다. 계속 과자를 달라며 몸부림치는 지윤이를 힘껏 안고 큰 소리로 노래를 이어 불렀다. 엄마는 나의 우스꽝스러운 모습에 눈물을 보였다. 나는 아랑곳하지 않고 지윤이를 진정시키는 데에만 애쓰고 있었다.

오랜만의 스트레스 분출 때문이었을까? 지윤이는 쉽사리 얌전해지지 않았다. 울며불며 과자를 달라 떼를 쓰고 악다구니를 썼다. 나는 눈물인지 땀인지 모를 뜨거운 무언가를 쏟아내었다. 내 입에서 흘러나오는 목소리가 울고 있다는 것을 증명했다. 참았다. 내가 흔들리면 안 된다는 생각으로 허벅지를 꼬집어가며 참았다. 더 큰 동작으로, 더 큰 소리로 노래를 불렀다. 30분이 넘어가고 한 시간이 넘어갔다. 무슨 일인가 하고 이웃집에서 초인종을 누르기도 했다. 상관없었다. 누군가가 이상한 눈으로 보더라도, 내 목이 두 번다시 소리를 내지 못한다고 하더라도 상관없었다. 지윤이가 진정되기만 한다면 영원히 광대처럼 살아가더라도, 병어리로 살아가도, 나는 행복하다.

한 시간이 넘는 나의 애절한 행동을 지윤이가 느꼈던 것일까? 얌전해진 지윤이가 내 귀에 대고 속삭였다.

"더워."

"어? 응. 우리 지윤이 덥구나. 우리 잘까?"

나는 지윤이를 데리고 방으로 들어갔다. 지윤이가 침대에 얌전히 누웠다. 나는 작은 목소리로 자장가를 불러줬다.

목은 이미 제 기능을 상실했다. 쉰소리가 나고, 입에선 단내가 풍겼다.

지윤이는 이내 잠이 들었다.

나는 극도로 흥분된 상태로 지윤아빠가 입원한 병원을 찾았다. 더 이상 지윤이를 이렇게 방치할 수 없었다. 혼자 감당하기에는 너무 벅차고 힘겨웠다. 지금까지 나는 지윤 아빠를 찾아올 수 없었다. 인정할 수 없었기 때문이다. 어린 아이가 되어버린, 나무가 잘려나가 공허해진 우리의 안식처를 인정하기란 죽음보다 힘겨운 일이었다. 헌데 지금 나는 그이를 찾아간다. 아주 당당하게 그이를 만나러 이곳에 와 있다. 일말의 망설임도 없이 병실 문을 열었다.

그이는 태연하게 만화 프로그램를 보고 있었다. 그이가 고개를 돌려 나를 바라보았다. 침대에서 껑충 뛰어내려 반갑게 나에게 달려왔다. 나를 안으려 하는 그이를 제지하고 따귀를 때렸다. 눈물이 핑 돈 눈으로 나를 바라봤다. 많이 아팠는지 볼을 어루만지면서.

"지금 뭐 하고 있는 거야. 여기에서 뭐 하고 있는 거냐고!"

"각시야······."

"지금 뭐 하고 있어! 당장 출근해! 당장 옷 갈아입고 돈 벌어 오란 말이야!"

그이가 눈물을 터트렸다. 그 와중에도 이리저리 돌아보며 옷을 찾았다. 그 모습에 나는 화를 참을 수 없었다. 그이의 멱살을 잡았다. 그리고 미친 듯이 흔들어대며 소리쳤다.

"왜 이 모양 이 꼴로 서 있는 거야. 지금 여기에서 왜 이렇게 눈물만 흘리는 거냐고! 차라리 죽어버리지그랬어. 나 혼자 일어날 수 있게! 죽어버려서 더 이상 당신을 의지할 수도 없게! 나에게 조금의 희망도 남기지 말고 그냥 죽어버리지그랬어!"

"각시야, 잘못했어. 잘못했어."

영문도 모르는 지윤아빠가 잘못했다고 말했다. 고개가 흔들리고 몸이 휘청거리면서도 그저 잘못했다 용서를 구하고 있었다. 그이의 눈은 진정 나를 향해 용서받고 싶어했다. 나는 그이의 눈에 더 화가 났다. 지금의 상황을 느끼고 있었다면, 왜 그렇게 도망쳐버리려 했을까? 머리끝까지 참을 수 없는 화가 나를 삼켰다. 멱살을 잡았던 손을 풀어 오른손을 이마에 가져갔다. 현기증과 두통이 동반되었다. 그이는 계속 잘못했다는 말만을 되풀이했다. 그리고는 겁먹은 아이가 화난 엄마에게 애교 부리듯 내 손을 슬며시 잡았다. 나는 거칠게 손을 뿌리쳤다. 그이가 움찔, 한걸음 뒤로 물러섰다.

"뭘 잘못해! 당신이 지금 뭘 잘못했는데! 알기나 해? 지금 우리가 왜 이렇게 되었는지 알기나 해? 혼자 도망쳐버리면 다야? 혼자 그렇게 살아가면 우린 어떻게 하란 말이야!"

나는 끝내 주저앉아버렸다. 간호사들이 달려왔다. 하지만 그 누구도 나를 말리거나 붙잡지도 않았다. 나는 지윤이에게 내던 쉰 목소리보다 더 쉬어버린 목으로 겨우 말을 이었다.

"〈메멘토〉 기억나? 우리가 함께 봤던 영화야. 거기에 이런 대사가 나오지. '눈은 감고 있어도 세상은 존재한다. 기억은 기록이 아닌 해석이다. 기억은 방의 구조를 바꿀 수 있고 차의 색깔을 바꿀 수 있다.'"

지윤아빠는 내 말에는 관심이 없다는 듯, 함께 주저앉아 눈물만 빼고 있었다.

지쳐버린 몸이 축 늘어졌다. 지윤아빠를 바라보았다. 나도 모르게 손이 올라가며 그이의 눈물을 닦아주고 있었다. 그이가 훌쩍거리며 말했다.

"이런 대사도 있었어. 나 자신에게 거짓말을 해서 행복할 수 있다면…… 기꺼이 하지."

나도 모르게 멍하니 그이를 바라보았다. 그이는 여전히 어린아이처럼 훌쩍거리고 있을 뿐이었다. 내가 잘못 들었나? 착각을 할 정도였다.

"지금 뭐라고 했어? 방금, 뭐라고 한 거야?"

"잘못했어, 각시야. 나 지금 출근할게."

지윤아빠는 다른 소리를 내며 옷을 찾아 갈아입기 시작했다.

5화. 행복의 저편

지윤아빠를 설득하기 위해 지윤엄마는 숱한 노력을 해야 했다. 다짜고짜 집으로 들어온다는 그에게 지윤이가 많이 아프다는 말로 달래고, 통화하게 해달라는 고집을 꺾기 위해 몇 시간 동안 진땀을 빼야 했다.

결국 지윤아빠는 예전에 지내던 원룸에서 지내기로 합의를 보았다. 대신 지윤엄마가 매일 점심때 도시락을 싸들고 팬시점에 들러 지윤이 이야기를 해주기로 약속했다.

박민조는 치료방법이 뚜렷한 것도 아닌지라 일주일에 한 번 지윤아빠에게 들러 상태를 확인하는 것으로 대신했다.

지윤엄마가 매일 점심을 들고 팬시점을 방문한 지 3주가 지나가고 있었다. 지윤이는 조금씩 안정을 되찾아가고 있었다. 아직 남자에 대한 공포는 사라지지 않았지만, 스트레스성 행동장애는 점차 줄어들었다. 분명 예전보다는 나아진 생활이었다.

지윤아빠도 예전과 같이 괴로움으로 하루하루를 살아가지 않았다. 지윤이 소식을 듣는 것만으로도 즐거워했고, 지윤엄마가 싸오는 밥을 맛있게 먹으며 웃음을 보였다.

지능은 낮아졌지만, 능숙하게 가게를 꾸려나가는 습관은 여전했다. 달라진 것이 있다면, 더 많이 웃고 사람들에게 친절하게 다가간다는 것이었다. 계산이나 서류정리 등은 예전 그대로였다. 팬시점에서는 사람들과 말을 자주 섞을 일이 없으니 손님들은 그의 장애를 모르고 지나쳤다.

다만 어린아이 같아서 오랫동안 가게를 돌보는 일은 무리였다. 지윤아빠의 퇴근시간이 빨라졌다는 것과 가게에서도 만화영화를 본다는 것이 달라졌다면 달라진 일이었다.

문제는 지윤엄마였다. 지윤이는 조금씩 좋아지고 있었지만, 예전과 같은 화목은 불투명했다. 불면증은 여전했다. 또한 지윤아빠에 대한 부담감이 지윤이를 생각할 때만큼의 스트레스를 안겨주고 있었다. 여자로서의 삶을 포기해야 하는, 그녀가 인지하지 못하는 부분 역시 알 수 없는 부담을 안게 했다.

지윤엄마는 하나하나 실타래를 풀어내기 위한 방법을 갈구했다. 하루에도 몇 번씩 박민조와 통화를 하고, 매일 지윤이를 잠시 맡겨놓기 위해 그녀를 찾아갔다가 상담하기를 반복했다. 아무리 머리를 맞대고 방법들을 내놓아보아도 별다른 묘책은 찾을 수 없었다.

지윤엄마는 일단 계획을 짜보기로 마음먹었다. 제일 중요한 것은 가족 간의 화합과 행복을 찾아가는 일이라 생각했다. 그러려면 가장 먼저 지윤이의 마음을 여는 일이 중요했다. 그 방법을 강구하는 데 매일같이 온 힘을 쏟아내었다. 그녀의 머리는 하루가 멀다 하고 여전히 두통을 호소했다. 그렇게 아무런 대책도 마련하지 못한 채 시간이 흘러가던 어느 날이었다.

박민조에게 지윤이를 맡겨놓고 지윤아빠를 만나러 팬시점에 들어섰다.

"짜잔!"

지윤아빠가 갑자기 문 앞을 가로막고 서서 만화영화에 나오는 캐릭터 포즈를 취하고 있었다. 복장 또한 만화 캐릭터와 똑같은 모습이었다.

"뭐야? 어디서 났어?"

"거래처 사장님께서 주셨어. 이번에 새로 만들어본 거라는데 어때? 잘 어울리지?"

"이거 산 거 아니야? 이런 걸 왜 줘? 똑바로 말해."

지윤아빠가 잠시 망설였다. 지윤엄마가 그를 노려보며 말했다.

"맞네. 샀네, 샀어. 쓸데없이 왜 돈을 쓰고 그래? 지금 제정신이야?"

지윤엄마의 입에서 잔소리가 터져나왔다. 만약 손님들이 지윤아빠의 상태를 안다면 제값을 내지 않고 물건을 사갈 수도 있는 노릇이었다. 아니, 이미 소문은 거래처를 통해 나돌고 있었다. 기자들도 냄새를 맡고 그에 대한 추측성 기사를 남발하고 있었다. 그로 인하여 지윤엄마가 점심시간에 해야 할 일이 늘어났다. 거래처 영수증을 확인하고, 거래 내역과 지출내역을 살펴보는 일이었다. 그래도 오랜 시간 거래를 한 사람들이라 그런지 지금까지는 단 한 번의 눈속임이나 술수가 보이지 않았다.

계속 훈계를 하는 그녀의 목소리가 듣기 싫은 지윤아빠는 두 귀를 막고 캐릭터 주인공이 나오는 만화영화 주제곡을 부르며 흉내 내기 시작했다.

쉬지 않고 목소리를 높이던 지윤엄마의 머릿속에 한 가지 생각이 번뜩 스쳐지나갔다. 이리저리 그녀에게 잘 보이려고 장기를 발휘하는 지윤아빠를 그녀가 붙잡아 자리에 앉혔다. 그녀의 눈빛은 빛나고 있었다.

"도라에몽처럼 되고 싶어?"

"응."

당연한 질문을 왜 하냐는 표정으로 지윤아빠가 고개를 끄덕이며 강한 긍정을 나타냈다.

"그럼 편지를 써봐. 도라에몽이 되어서 지윤이에게 편지를 써."

"왜?"

"도라에몽처럼 되고 싶다면서. 재미있는 놀이 하려는 거야. 지금부터 당신은 만화영화 주인공이 되는 거야. 그리고 지윤이는 만화에 나오는 도라미가 되는 거고. 어때?"

"그럼 지윤이가 도라미야?"

"그래. 도라미가 지윤이야. 도라미에게 편지를 써. 대신 매일매일 하루도 쉬지 말고 써야 돼. 도라에몽은 도라미를 좋아하잖아."

"나는 도라미보다 지윤이가 더 좋아."

"도라미가 지윤이야. 그러니까 도라미에게 편지를 쓰면 지윤이가 받는 거야."

지윤아빠는 조금 혼란스러운지 가면을 쓴 채 고개를 갸우뚱거렸다. 지윤엄마가 말을 이었다.

"지윤이는 누구야?"

"지윤이는 내 딸이지."

지윤엄마가 그의 양어깨를 잡았다. 아들을 타이르듯 차근차근 설명했다.

"지윤이는 도라미야."

"내 딸이 아니야?"

지윤엄마가 잠시 생각에 잠겼다. 다른 설명이 필요할 것 같았다. 지윤아빠는 그녀를 불안한 눈빛으로 응시했다.

"지윤이가 이름을 바꿨어. 도라미로. 그리고 앞으로 당신 이름은 도라에몽이야. 오늘부터 당신 이름은 도라에몽이야."

"나는 지윤아빠인데……. 그럼 나는 도라에몽이 아니라 도라미 아빠가 되어야지."

지윤엄마가 잠시 망설였다. 갑자기 확인하고 싶은 무언가가 있었다. 그녀가 지윤아빠를 뚫어져라 바라보며 입을 열었다.

"도라에몽이 되고 싶어, 지윤아빠가 되고 싶어?"

"지윤아빠."

일말의 망설임도 없이 지윤아빠의 대답이 들려왔다. 그
가 가면을 벗어버렸다. 그녀의 말이 지윤아빠가 되기를 포
기하고 도라에몽이 되라는 말처럼 들려왔기 때문이다. 그
녀가 그를 시험하려 다른 질문을 던졌다.

"당신 이름으로 불러줄까? 원래 이름 말이야. 아니면 지
윤아빠로 불러줄까?"

"지윤아빠."

지윤엄마의 몸에 미세한 경련이 일어났다. 그녀가 흥분
된 목소리로 다시 말했다.

"그럼…… 나는 누구야?"

지윤엄마로서는 아주 어려운 질문이었다. 원망으로 가
득한 지윤아빠에게 다시 이 질문을 한다는 것은 상상도 할
수 없었다. 지윤아빠는 거침없이 당연하다는 투로 말했다.

"지윤엄마."

가슴에서 뜨거움이 솟구쳐 올라왔다. 그녀가 질근 입술
을 깨물고 지윤아빠를 껴안았다.

“나는 누구야?”

“지윤엄마.”

“그럼 당신은?”

“지윤아빠.”

“나는 누구야?”

“지윤엄마.”

“그럼 당신은?”

“지윤아빠.”

“흑흑. 나는 누구야?”

“지윤엄마.”

“하악. 하악. 그럼 당신은?”

“지윤아빠.”

지윤엄마의 몸이 심하게 들썩였다. 얼마나 확인받고 싶은 말이었던가! 주체할 수 없는 감동이 터져나왔다. 그렇다. 당연히 지윤엄마와 지윤아빠다. 하지만 이 말은 허락되지 않았었다. 이 당연함을 확인받고 싶은 마음이 굴뚝같았지만, 두려움이 강하게 억누르고 있었다.

자신들이 지윤엄마, 지윤아빠라는 확인 이외에도 그녀는 또 다른 확인을 받고 싶었다. 그녀가 몇 번의 갈등 끝에 무거운 입술을 떼었다.

"그럼 우리는…… 뭐야?"

지윤아빠는 이번에도 거침없이 입을 열었다.

"가족. 우리는 가족이야."

지윤엄마가 지윤이를 데리러 박민조의 병원을 찾았다. 통통 부어버린 지윤엄마의 눈을 본 그녀가 놀란 눈으로 입을 대신해서 '울었어요?'라고 물었다.

"지윤아빠 때문에 좀 울었어요."

"무슨 일로?"

"지윤아빠래요. 그이, 자신이 지윤아빠래요. 나는 지윤엄마래요. 그리고 우리가 가족이래요."

박민조와 함께 지윤엄마가 휴게실에서 이야기를 나누고 있었다. 지윤엄마는 팬시점에서 있었던 일들을 상세하게 설명했다. 도라에몽과 도라미의 이야기를 듣고 있던 그녀가 지윤엄마의 손을 잡았다.

"언니, 괜찮은 방법인 것 같아요. 지윤이에게 가장 친근하게 다가갈 수 있는 방법이라 생각해요. 거부감이 없는 만화 캐릭터를 통해서 접근하는 방법, 꽤 근사한데요. 제가 오늘 선배 찾아가서 이야기해볼게요."

"지윤아빠라면, 아빠라면, 아무리 어린아이의 지능을 가지고 있더라도 포기하지 않겠죠? 그렇죠?"

확인받고 싶은 마음, 그 누구도 같을 것이다. 여러 갈래로 나뉜 길에서 방황하다가 낯선 이에게 어느 길로 가야 하는지를 묻는 것과 같은 심정이었다.

"언니, 나 정말 곰곰이 생각해봤어요. 왜 선배가 그렇게 되었는지. 증명할 수 있는 학문적 견해도 없고, 병명도 모르겠지만 하나는 확실해요."

지윤엄마가 다음 이야기를 애타게 기다렸다.

"강한 부정(父情)이 만들어낸 최면. 처음에 언니에게 이야기할 때에는 '가능할까'라는 의문이 함께했었는데 지금은 확실해졌어요. 가족과 함께할 수 있기를 바라는 마음이 만들어낸 또 다른 지윤이. 선배는 지윤이와 함께하고픈 마음으로 지능을 퇴화시킨 거예요. 부정이란 힘으로 불가능한 의학적 상식을 뛰어넘은 거죠. 언니는 모정으로 현실과 싸우려 하지만, 선배는 부정으로 모든 사실을 부정하고 있는 거예요. 그리고 스스로 아이가 돼버린 거죠, 지윤이와 같은 눈높이로. 지윤이의 마음을 알고 싶어하기에.”

“가능한 건가요?”

“아니요. 불가능해요. 증명할 수도, 입증할 자료도 없어요. 그런데 느껴져요. 언니도 그렇지 않아요?”

박민조의 물음에 지윤엄마의 입꼬리가 살짝 올라갔다.

“맞아요. 느껴져요. 뭐라 표현할 수 없는…… 사람들이 만들어낸 학문 따위로는 증명할 수 없는 진리가.”

지윤아빠가 가게 문을 닫고 카운터에 앉아 열심히 편지를 써내려가고 있었다. 지윤엄마의 마지막 말이 귀에 맴돌아 도저히 퇴근을 할 수 없었다. 그녀는 눈물을 훔치며 그에게 말했다.

“지윤아빠로 살아가고 싶다면, 당분간은 도라에몽이 돼야 해. 지윤이를 보고 싶다면 무조건 편지를 써. 앞으로 100통만 쓰면 지윤이를 만날 수 있어. 100통이야. 도라미가 싫다면 지윤이 이름으로 적어도 상관은 없어. 대신, 당신은 지윤아빠가 아닌 도라에몽이 되어야 해. 그렇지 않으면 당신은 지윤아빠가 될 수 없어. 매일 점심시간에 편지를 받으러 올 거야. 도라에몽 가면도 쓰고 있어야 돼. 사진을 찍을 테니까."

　지윤아빠는 단번에 고개를 끄덕였다. 그리고 지금 자신이 좋아하는 만화 프로그램의 유혹도 떨쳐버리고 열심히 편지를 써내려가고 있다. 예전 그는 글에 영 소질이 없었다. 지윤엄마에게 연애편지 한번 쓰려 할 때면 하루 종일 편지지와 펜을 붙잡고 있어야 했다. 결국은 창작이 아닌, 영화 대사나 인터넷에서 좋은 글귀들을 모아 엮는 것으로 마무리했었다. 그런 그가 쉬지 않고 열심히 손을 움직이고 있다. 한 장, 두 장, 거침없이 써내려간 편지는 어느새 다섯 장을 넘어가고 있었다.

　땀까지 훔쳐가며 써내려가는 편지. 옆에 누가 있더라도 감지할 수 없을 정도의 집중력을 보여주고 있었다. 날이 어둑해졌다. 그는 불을 켤 생각도 하지 않고 계속 편지를 써내려갔다. '그럼 우리 이렇게 매일매일 편지를 쓰는 거야. 지윤이의 편지를 기다릴게. 안녕!' 하고 마무리한 그가 잠시 망설였다. 이름을 넣어야 하는 마지막 줄을 차마 써내려가지 못하고 있었다.

　'지윤아빠가.', '아빠가.'라고 쓰고 싶은 마음이 굴뚝같았다. 여덟 살 지능을 소유한, 참을성 부족한 그에게는 너무도 가혹한 형벌이었다. 비밀이라는 것이 불가능한 아이인 것이다. 한참 동안 펜은 빈칸 앞에 멈춰져 있었다.

얼마나 지났을까? 더 이상 편지지가 보이지 않을 정도로 해는 저물어 있었다. 편지지에 뚝, 뚝, 무언가가 떨어지는 소리가 들려왔다. 울먹이는 지윤아빠의 목소리가 팬시점에 가득 울렸다.

"보고 싶다, 지윤아. 우리 지윤이 무척 보고 싶다. 도라에몽이 되기 싫다. 지윤아빠라고 적고 싶다."

흑흑거리던 울음이 엉엉거리는 통곡으로 변했다. 눈물이 계속 편지지에 떨어졌다. 지윤아빠가 눈물로 젖은 편지지를 쓰레기통에 버리고 다시 쓰기 시작했다.

다른 내용을 써내려가면서도 손은 거침이 없었다. 눈물이 계속해서 잉크를 번지게 만들었다. 종이를 구겨 버리고 다시 쓰기를 반복했다. 눈물이 마르기까지 오랜 시간이 걸렸다. 그가 중얼거렸다.

"눈물이 내 살에 닿는 느낌이 너무 싫다. 지윤엄마의 눈물이 내 살에 닿는 것이 너무 싫다. 지윤이의 눈물이 내 살에 닿는 것이 죽도록 싫다. 울지 않았으면 좋겠다. 나도, 지윤엄마도, 지윤이도."

여덟 살 지능을 가진 사람에게서 도저히 나올 수 없는 말. 부정(父情)의 기적이었을까?

*

점심시간에 할 일이 또 하나 늘었다. 지윤아빠 편지와 함께 도라에몽의 사진을 찍어 지윤이에게 전달하는 일. 그리고 지윤이의 편지와 사진을 지윤아빠에게 전달하는 일. 이제 집배원 노릇까지 하게 된 것이다. 처음 그이의 편지를 받았을 때 나는 어안이 벙벙했다. 여덟 살의 아이 지능에서 나온 글이라고는 상상하기 힘든 내용이었기 때문이다. 예전 나에게 썼던 연애편지만큼이나 많은 공을 들인 것 같았다.

지윤아빠가 공들인 첫번째 편지는 전달되지 못했다. 아이가 읽기에는 너무 길고 지루했다. 나는 그이를 앉혀놓고 몇 시간 동안 설교를 했다. 도라에몽이라면 이렇게 편지를 썼을 것 같냐는 야단과 보고 싶다는 말만을 늘어놓는 지루한 글은 오히려 지윤이를 부담스럽게 만들 수 있다는 설득을 반복했다. 그이는 앉은 자리에서 다시 편지를 써내려갔다. 몇 번의 꾸지람 끝에 써낸 편지는 그럴싸했다. 나는 바로 도라에몽이 되어 있는 그이의 사진과 함께 편지를 지윤이에게 전했다. 지윤이의 반응은 놀라웠다. 설렘과 함께 정말 도라에몽이냐는 의심 어린 질문을 끊임없이 던져왔다. 나는 태연하게 거짓말을 하며 도라에몽에게 편지를 쓸 것을 은근히 권유했다. 지윤이는 예상외로 나와 함께 편지지를 사러 외출했다.

열심히 편지를 쓰는 지윤이에게 사진도 같이 보내자고 말했지만 완강히 거절했다. 사진에 찍힐 자신의 모습에 강한 거부반응을 나타내면서. 처음부터 잘되는 일이 어디 있으랴! 편지를 쓰는 지윤이의 모습만으로도 굉장한 발전이건만.

일주일 후 지윤이는 비로소 자신의 모습을 사진에 담는 것을 허락했다. 지윤아빠의 끊임없는 구애 때문이었다. 지윤이의 얼굴을 보고 싶다는 이야기와 함께 재미있는 도라에몽의 포즈를 따라한 사진들이 마음을 열게 만들었다. 지윤이가 어색하게 포즈를 취했다. 나는 사진을 찍으며 "지윤아, 도라미가 짓는 표정 한번 지어볼래?" 하고 요구하기도 했다.

"도라에몽이 좋아할까?"

"도라미보다 우리 지윤이가 훨씬 예쁘니까 좋아할 거야."

지윤이는 도라미보다 더 깜찍한 표정으로 사진을 찍었다. 나는 민조 씨에게 지윤이를 맡기고 빠른 걸음을 재촉했다. 지윤아빠에게 지윤이 사진을 빨리 보여주고 싶었다. 몇 개월 만의 재회일까? 그놈이라는 기억이 우리 가족의 울타리를 침범한 순간 이후 얼마 만에 지윤이의 얼굴을 보는 것일까? 그이에게 사진을 전달할 생각을 하니 가슴이 벅차올랐다. 팬시점까지 한걸음에 달려갔다. 재빨리 문을 열고 지윤이 편지와 사진을 그이에게 주려는 순간, 나는 놀라움을 두 눈에 표현할 수밖에 없었다. 팬시점 한 귀퉁이가 도라에몽 만화배경과 똑같이 꾸며져 있었던 것이다.

"각시 왔어?"

도라에몽 가면을 쓰고 있는 지윤아빠가 반갑게 나를 맞이했다.

"뭐야?"

"헤헤. 도라에몽은 이런 곳에서 살아. 몰랐어? 나는 도라에몽이니까 이런 곳에서 살아야지. 멋지지? 거래처 사장님이 함께 꾸며줬어."

"아!"

나는 짧은 탄식과 함께 지윤아빠를 바라보았다. 자세하게도 묘사되어 있었다. 대략 5평 정도에 꾸며진 그곳은 만화에서 나오는 배경과 무척이나 비슷했다. 마무리가 되지 않아 아직 페인트칠을 하고 있던 50대 거래처 사장님이 구석에서 나를 보며 가볍게 인사를 건넸다. 내가 다가가 감사를 표했다.

"고맙습니다. 정말 예쁘네요."

"도와야지요. 부모라면, 자식을 사랑하는 아빠라면."

"정말 감사드립니다."

울컥할 뻔했다. 거래처 사장님이 내 어깨를 다독였다.

"어제 납품하러 왔는데 지윤아빠가 만화를 보여주더군요. 지윤이가 가장 좋아하는 만화라면서. 저 배경을 어떻게 만들어야 되냐며 물어봤어요. 그냥 지나칠 수 있어야지요. 지윤이도 몇 번 봤었는데 그냥 돌아서는 게 마음에 걸렸어요. 어제 하루 종일 만화만 봤어요. 옆집 페인트가게 사장이 색을 골라주고 함께 도와주다가 방금 전 배달이 들어왔다고 나갔어요."

거래처 사장님이 이야기를 하는 도중 딸랑 하고 문 열리는 소리가 들렸다. 내가 고개를 돌리기 전, 사장님이 먼저 아는 척을 했다.

"아이고! 우리 마누라 오셨네."

페인트를 내려놓고 사장님이 사모님께 달려갔다. 사모님의 손에는 한가득 보자기가 들려 있었다. 나는 가볍게 인사를 했다.

"지윤엄마도 와 있었네. 넉넉하게 싸 오길 잘했어."

신문지가 깔린 바닥에 모두가 모여 앉았다. 보자기를 풀어헤치자 도시락이 나타났다. 지윤아빠가 제일 먼저 달려들었다.

"와! 맛있겠다!"

젓가락이 재빠르게 이리저리 돌아다녔다. 나는 지윤아빠의 도시락을 함께 펼쳐놓았다. 사모님이 뼈를 발라 생선살을 내 밥에 얹어주었다.

"많이 먹어요. 왜 이렇게 말랐어? 잘 먹어야지. 그래야 정신 차리고 다시 행복해지지."

"고맙습니다."

"고맙긴 뭘. 다 이렇게 돕는 거야. 내 딸이라도, 정말 내 딸이라도……."

사모님이 옷소매로 눈을 훔쳤다. 사장님이 끼어들었다.

"이 사람! 못 하는 말이 없어! 지윤엄마, 어서 밥 먹어요. 이 사람이 주책이라니까."

사장님이 큼직한 김치를 내 밥에 얹어주었다. 나는 사모님과 사장님께 다른 반찬을 얹어주었고, 지윤아빠에게 김치를 얹어주며 말했다.

"고기만 먹지 말고 김치도 먹어. 반찬 가리는 거 아니야."

얼마 만일까? 지윤아빠에게 반찬을 얹어준 게 얼마 만이었을까? 지윤이의 사고 전에도 하지 않았던 행동이었다. 신혼 때 말고는 기억나지 않는다. 나는 왜 이런 소중함을 잊고 살았던 거지? 지윤아빠가 밥과 함께 김치를 냉큼 입안 가득 넣었다. 사장님과 사모님이 그 모습을 흐뭇하게 바라보았다.

"술냄새 나는 것보다 훨씬 보기 좋네."

사장님이 지윤아빠 숟가락에 고기반찬을 올려주었다.

한자리에서 밥을 먹는 다는 것. 한 식탁에 모여 가족끼리 함께한다는 소중함. 왜 나는 그것을 이제야 깨달은 것일까!

식사는 아주 천천히 마무리되었다. 종이컵에 각자 취향에 맞는 커피와 차를 음미하고 있었다. 내가 지윤아빠에게 편지와 사진을 건넸다.

사모님이 힐끗 사진을 넘겨보더니 말했다.

"아이고! 여전히 새침데기 아가씨네. 예쁘네, 예뻐. 우리 인정이는 아기 때 이렇게 예쁘지 않았었는데. 정말 예쁘다."

사장님이 거들었다.

"여전히 사랑스럽네. 여보, 우리 아이들은 말이야. 우리를 닮아서 그래. 지윤아빠랑 지윤엄마 봐봐. 얼마나 잘생기고 예뻐? 우리 딸은 공부 열심히 해야 한다니까. 하하!"

나도 모르게 미소가 지어졌다. 갑자기 지윤아빠가 흐느꼈다.

"지윤이다, 우리 지윤이다."

당황한 사장님이 지윤아빠의 오른손을, 안타깝게 바라보던 사모님이 지윤아빠의 왼손을 잡아주었다.

"지윤아빠, 왜 울고 그래? 오늘도 멋지게 사진 한 방 찍자고. 조금만 더 하면 완성되잖아. 빨리 끝내고 도라에몽보다 멋지게 포즈 한번 취해봐. 내가 찍어줄게."

사장님이 말했다. 여전히 지윤아빠는 울먹이고 있었다.

"지윤이다. 지윤이다. 내…… 딸, 세상에서 내가 가장 사랑하는…… 내 딸, 지윤이……다."

지윤아빠는 자리에서 벌떡 일어나 편지를 써내려갔다. 한참 뒤 나에게 건네준 편지는 두 통이었다. 하나는 지윤이에게, 하나는 지윤엄마에게 라고 시작되는 두 통의 편지였다. 지윤엄마에게. 지윤엄마에게. 그이가, 나를 인정한다. 지윤엄마라고, 내가 아직 지윤엄마라고. 용서하지 못한다는 나를, 평생을 안고 살아가도 지워지지 않을 상처에 연고가 되어주는 소중한 말. 지윤엄마에게.

사랑하는 지윤이에게.

사진 잘 봤어. 나는 정말 흐뭇해. 지윤이를 보니 내가 더욱 강해진 느낌이야. 여기는 내가 살고 있는 곳이야. 잘 보이지? 도라미랑 함께 여기에서 재미있게 살고 있어. 어제는 하루 종일 잠을 자지 못했어. 지윤이에게 편지를 쓰는 일과 함께 조금 바빴거든. 지윤이는 뭘 하고 있었을까? 밥은 먹었어? 잠은 잘 잤어? 각시 말은 잘 들었어? 키는 얼마나 자랐니? 몸무게는 얼마나 늘었을까? 지윤이에 대해 궁금한 것이 많아. 오늘 갑자기 지윤이랑 놀이터에 가고 싶어졌어. 놀이터에 가면 지윤이와 소꿉놀이를 할 거야. 나도 소꿉놀이를 정말 좋아하거든. 오늘도 나는

TV에 나오고 있어. 지윤이가 나를 보고 있겠지? TV 말고 진짜 우리 만났으면 좋겠다. 지윤아. 나는 요즘 매일 지윤이 생각에 행복해. 사진을 보니 정말 예뻐졌더라. 도라미보다 더 예쁜 것 같아. 도라미는 지윤이보다 키가 작거든. 얼굴도 크고 뚱뚱해. 지윤이에게 주려고 내 인형을 함께 보내. 이 인형을 꼭 안고 잤으면 좋겠어. 그럼 나는 지윤이와 함께 있다고 생각할 수 있을 거야.

각시가 와서는 나에게 지윤이 이야기를 많이 해줬어. 씩씩하고 착한 아이라고 하더라. 도라에몽은 지윤이가 항상 함께하는 친구가 되어줬으면 해. 지금 나는 졸려죽겠어. 어제 잠을 한숨도 자지 못했거든. 그래도 지윤이에게 편지를 쓰는 지금은 하나도 졸리지 않아. 이렇게 편지를 쓰고 있으니 잠이 도망가버렸어. 지윤이를 생각하면 항상 즐거워. 지윤이도 도라에몽을 생각하며 즐거웠으면 해. 오늘은 정말 맛있는 걸 많이 먹었어. 지윤이는 뭘 먹었을까? 나는 고기와 김치를 먹었는데 김치는 내가 가장 싫어하는 반찬이야. 그런데 각시가 계속 먹으라 해서 어쩔 수 없이 먹었어. 맛있는 척하려고 엄청 노력했어. 신김치는 냄새가 별로 좋지 않아. 지윤이도 매운 거 싫어하지? 나도 그래. 그래도 지윤이가 맛있게 먹어줬으면 좋겠다.

나는 매일 혼자 잠을 자. 그게 가장 싫어. 밤만 되면 무섭거든. 도라에몽은 용감하지만, 귀신은 조금 무서워. 지윤이는 어때? 지윤이도 밤이 무서워? 우리 꼭 만났으면 좋겠다. 도라에몽과 같이 살았으면 좋겠다. 그럼 매일 귀찮게 글을 쓰지 않고 이야기를 할 수 있을 텐데. 우리 꼭 만나자. 만나서 재미있게 놀자. 도라에몽은 언제나 지윤이를 기다리고 있어. 지윤이도 도라에몽 생각 많이 해줘. 지금 각시가 가려고 해. 도라에몽에게 꼭 답장 써야 돼. 사랑해 지윤아!

세상에서 가장 지윤이를 아끼는 도라에몽이.

지윤엄마에게.

점심때만 있다 가는 각시야. 우리는 언제 같이 살 수 있어? 어젯밤에 각시랑 봤던 영화가 떠올랐어. 〈시네마천국〉인데 내용은 잘 기억나지 않아. 어떤 아저씨가 나오고 어떤 꼬마가 나오는 영화였어. 각시랑 나는 만나서 매일 영화만 봤어. 그치? 각시랑 〈슈렉〉 보고 싶은데 각시는 매일 지윤이가 혼자 있다고 함께 봐주지도 않아. 그래서

밉기도 해. 〈시네마천국〉에 나오는 대사가 생각났어. "이 지긋지긋한 여름이 언제 끝나지? 영화라면 벌써 끝났을 텐데. 따분한 여름은 금방 사라지고 곧바로 시원하게 비가 내리는 장면으로."라는 대사 말이야. 왜 이 말이 생각났는지 나도 잘 모르겠다.

각시야. 나 언제까지 이렇게 있어야 돼? 지윤이가 보고 싶고 집에 가서 자고 싶어. 여기는 너무 무섭단 말이야. 자려고 불을 끄면 귀신이 나올 거 같아. 각시가 약속한 날까지 힘들어서 못 버틸 거 같아. 영화처럼, 자고 일어났더니 100일 밤이 지나가 있다면 얼마나 좋을까? 왜 한번에 100일 밤은 흘러가지 않는 거야? 영화는 금방 100일이 지나가잖아.

아! 이런 대사도 있었어. 오늘 왜 이 영화가 계속 생각날까?

"인생은 네가 본 영화와는 달라. 인생이 훨씬 힘들지. 영화는 현실이 아니야. 현실은 영화보다 훨씬 혹독하고 잔인해. 그래서 인생을 우습게 보아서는 안 되는 것이지."라는 알 수 없는 말이 떠올라. 각시야, 아! 머리 아파. 내가 무슨 말을 적는 거야? 나는 지금 왜 이렇게 내가 지윤이와 떨어져 있어야 하는지 모르겠어. 각시가 몇 번을 설명해줬지만, 나는 아직도 모르겠어. 각시는 내가 혼자 도망가버리려 했다고 했잖아. 너무 억울해. 나는 도망가지 않는데 말이야. 이렇게 열심히 일하고 있잖아. 그런데 왜 이런 대사가 생각나는 거야? 각시가 설명해주면 안 돼?

나는 혼자 있는 게 너무 싫어. 왜 나만 혼자 이렇게 지내야 하는 거야?

이해할 수는 없지만 각시가 이게 옳다고 하니까, 각시가 100일 밤만 자면 된다고 했으니까 참을게. 나 그래도 용감하지? 나도 용감하다 생각해.

아! 갑자기 또 다른 대사가 생각났어.

"대장이 병사에게 물었어요. 여기 풍차가 있었는데, 기억나나?"

"네. 기억합니다."

"풍차는 사라졌는데 바람은 여전히 불어오는군."

나 이만 잘게. 각시도 안녕히 주무세요.

각시를 사랑하는 도라에몽 지윤아빠가.

내 친구 도라에몽에게.

안녕? 오늘 편지를 받자마자 바로 이렇게 편지를 쓰고 있어. 도라에몽은 참 재미있게 살고 있구나. 나도 도라에몽이 많이 보고 싶어. 그런데 내가 많이 아파. 나는 사람들이 갖고 있지 않은 이상하고 더러운 주머니를 차고 있어. 말하고 싶지 않은데, 도라에몽이 나를 싫어할까 봐 정말 말하고 싶지 않은데, 도라에몽이 만나자고 하니 어쩔 수 없이 이야기를 해.

나는 똥과 오줌이 엉덩이로 나오지 않아. 주머니로 나오는데 정말 더럽고 싫어. 냄새도 나. 그래서 가끔은 음식을 먹기가 싫어. 주머니가 터질까 봐 겁나서 잠도 잘 못자고 있어. 그게 터지면 정말 냄새가 고약할 테니까. 나도 모르게 화가 나는 날이 많아. 그럴 땐 나도 모르게 음식을 마구 먹게 돼. 주머니를 보고 있으면 정말 화가 나거든. 도라에몽은 엄마 말을 잘 들으라고 했지만 나는 나쁜 아이야. 화가 날 때마다 엄마가 춤과 노래를 불러주는 게 좋거든. 나도 도라에몽이 보고 싶어. 하지만 무서워. 도라에몽은 덩치가 크겠지? 만화에서 볼 때는 작았는데 사진을 보니까 엄마보다도 더 크네. 나는 키가 큰 사람이 무서워. 그렇다고 도라에몽이 싫다는 건 아니야. 어떤 아저씨가 나를 많이 아프게 했거든. 뚱뚱하고 더러운 아저씨가 나를 아프게 만들었어. 아저씨가 나를 아프게 한 이후로 내 몸에서 이상한 냄새가 나는 것 같아.

내가 나쁘고 더러운 친구라고 나를 싫어하는 건 아니지? 도라에몽이 이 편지를 받을 때까지 잠이 안 올 것 같아. 나를 싫어하면 어쩌지? 엄마가 친구한테는 솔직하게 이야기해도 이해해준다고 했는데 도라에몽은 친구니까 이해해줄 수 있을까?

하지만 착한 아이가 되도록 노력할게. 도라에몽이 계속 친구를 해준다면 말이야.

도라에몽이 준 인형을 안고 자는데 기분이 좋아. 나도 도라에몽한테 선물을 주고 싶어서 엄마한테 아이스크림을 사 가라고 했어. 도라에몽이 좋아했으면 좋겠다. 나는 아이스크림을 좋아하는데 조금밖에 못 먹어. 많이 먹으면 똥이 많이 나오거든. 그게 너무 싫어. 도라에몽아, 아이스크림 많이 먹고 나랑 좋은 친구가 되어줬으면 좋겠어.

나 싫어하지 않았으면 좋겠어.

도라에몽의 친구 지윤이가.

사랑하는 지윤아빠에게.

여보, 지윤이가 편지를 읽고 있어. 나도 옆에서 당신 편지를 읽고 있었어. 〈시네마천국〉, 정말 예쁜 영화였지. 기억나요? 그 영화, 소나기가 쏟아지는 여름날, 우산이 없어서 들어간 비디오방에서 함께 봤어. 당신이 오래된 비디오테이프 중 하나를 찾고는 보물을 찾은 것처럼 기뻐했었지. 그리고 말했어. 이 영화, 정말 아름다운 인생을 그린 명작이라고.

우리는 어두운 방으로 들어가 영화의 매력에 푹 빠져 있었어. 그날이 바로 우리가 첫 키스를 한 날이기도 하지. 〈시네마천국〉의 다른 대사는 왜 생각이 나지 않아? 얼마나 멋진 대사들이 많았었는데. 나는 이런 대사가 생각나네.

"상상해봐. 우리가 결혼했더라면 너는 위대한 영화를 만들지 못했을 거야."

조금 바꿔서 당신에게 말하고 싶어. 그날 소나기가 쏟아지지 않았다면, 그날 우리가 키스를 하지 않았다면, 우리의 소중한 지윤이가 태어나지 않았을 거라고. 우리가 함께한 날들이 있었기에 지윤이가 우리와 함께할 수 있는 거라고.

이런 대사도 있었지.

"아무리 시간이 흘러도 추억은 지워지지 않아요."

우리의 기억은 공통된 추억이야. 세상에서 우리 둘만
소유하고 있는 아주 소중한 추억이지. 지윤이가 함께하는
시간뿐만이 아니라 지윤이와 없었던 그 시절, 우리만의
시간도 나는 정말 소중해. 당신도 그럴까? 나와 같을 거
라 믿고 싶어. 그렇지 않으면 나는 너무 슬퍼서 주저앉아
버리고 싶어질 거 같거든.

우리가 편지를 썼던 게 언제였을까? 우리는 왜 입으로
만 모든 것을 말하려 했던 것일까? 서로에게 익숙해질수
록 글이라는 것에 점점 멀어진 우리야. 세월이 흘러갈수
록 편지지와 펜은 우리에게 낯선 물건이 되었어. 어린 시
절 선생님에게, 부모님에게, 친구들에게 쓰던 편지들은
한때의 유행처럼 사라져갔어.

당신과 나, 우리 둘만의 사랑을 기록하는 일. 이 중요한
일에 우리는 소홀했어. 당신, 나에게 참 많은 것을 일깨워
주고 있네.

"이제야 알았어요. 99일째 되는 날 밤, 병사가 왜 떠났
는지. 병사는 두려웠던 거예요. 공주가 100일째 밤에 나

올지 안 나올지."라는 또 다른 대사가 생각나네. 당신도 그랬던 걸까? 지윤이에 대한 두려움으로?

여보, 당신이 말했듯이 우리는 가족이야. 어설픈 로맨스 따위의 감정으로 이어진 우리가 아니라고. 우리는 운명이라는 인연으로 이어진 가족이야. 사랑을 넘어선, 세상의 모든 감정을 공유해야 하는 가족. 두려워도, 불가능이라는 불쾌한 녀석이 희망보다 더 크게 다가와도 우리는 끝까지 손을 놓으면 안 되는 사이야. 그게 바로 가족이라는 우리야.

우리 희망을 끈을 놓지 않아야 돼. 가족이라는 존재의 의무이자 특권이야.

"인연은 운명이 정하는 거야. 각자의 길이 따로 있는 법이지."

당신 이 대사를 듣고 내게 말했어. 인연은 운명이 정하고 우리는 그 운명으로 가족이 되었다고. 각자의 길이 있는 사람들 중에 같은 길을 함께 걸어가는 사람을 우리는 운 좋게 만나 함께하게 된 희박한 확률의 사람들이라고.

마지막으로 당신에게 묻고 싶어.

당신, 아직도 그렇게 생각해?

가족과 사랑을 신앙이라 생각하는 당신의 각시가.

6화. 행복과 불행의 차이

　지윤엄마가 박민조와 병원에서 상담을 하고 있었다. 좁은 상담실에서 마주 앉아 오랜 대화를 나누었다. 지윤엄마의 얼굴은 여전히 어두웠다. 달라진 것이 있다면 예전과는 다른 강한 눈빛이었다. 호랑이 앞에 선 두려움 가득한 토끼와 같은 모습이었던 그녀였다. 하지만 지금 그녀는 지키고 싶은 무언가가 있는 모습이었다. 사지가 마비되는 공포에도 당당히 맞서는 여느 엄마라는 존재들과 같이. 새끼를 가진 어미 동물들은 상상 초월의 힘을 발휘한다. 어떠한 맹수 앞에서도, 몸은 극도의 죽음을 느끼지만, 정신은 죽음을 앞서나가 몸뚱이를 움직이게 한다. 그녀 역시 그랬다. 그놈이라는 맹수 앞에 좌절했다. 살아남을 확률이라고는 눈곱만

큼도 없는 잔악한 맹수를 만난 것이다. 그러나 그녀는 보이지도 않는 희망을 위해 싸워나갔다. 0에 가까운, 아니 0이라는 정답이 나와 있는 지금도 포기를 선택하지 않았다.

한참 의학적인 딱딱한 질문만을 하던 박민조가 지윤엄마를 측은하게 바라보았다.

"많이 좋아지고 있어요. 지윤이도, 선배도. 서로 간의 거리가 점점 좁혀지고 있다고 생각해요. 문제는 언니죠. 여자로서의 인생을 포기해야 하니까."

지윤엄마는 무슨 말인지 알 수 없었다.

"무슨 말이죠?"

"사랑받고 싶은 욕구를 잠재워야 하잖아요. 여자에게 사랑이란 나이가 들어도 줄어들지 않는 본능이죠. 그런데 언니는 그것을 포기해야 하는 상황이니 안타까워요."

박민조가 안타까운 위로의 말을 난발했다. 지윤엄마가 웃었다. 허탈한 웃음이라 하기에는 의미가 담긴 표정이었다.

"민조 씨, 우리가 얼마나 많은 것을 잃어버리고 사는지 알아요?"

"네?"

"함께할 수 있는 기쁨. 그걸 우리는 잃어버렸어요. 예전에는 그랬잖아요. 연애시절엔 보기만 해도 좋았고 만나기만 해도 행복했었잖아요. 그런데 행복이 지속되니 무감각해져요. 나나 민조 씨, 모두 마찬가지일 거예요. 하나 물어볼게요. 퇴근길에 남편에게 전화해서 시시콜콜 수다 떨어본 적이 언제예요?"

"글쎄요."

박민조가 고개를 갸우뚱거렸다. 너무 오래전이라 기억조차 가물가물했다.

"언제나 퇴근 후 만날 수 있다는 생각 때문일 테죠. 항상 집에서 볼 수 있으니까. 언제나 곁에 존재한다 생각하니까."

"그럴 수도 있겠네요. 아니, 맞아요. 그이는 언제나 나보다 먼저 퇴근해서 집에 있으니까."

"설사 늦어지는 날이 있더라도 집에 들어올 테니까. 안 그래요?"

여자들만의 공감대가 형성된 것일까? 상담이 아닌 대화가 이어졌다.

"맞아요. 우리는 함께 사는 가족이니까."

"당연한 행복. 그것에 우리는 행복이 사라졌다 믿고 있어요. 행복은 언제나 우리 곁에 존재했는데 말이죠."

박민조가 자신도 모르게 고개를 끄덕였다. 지윤엄마는 긍정을 보내는 박민조에게 더 많은 이야기를 해주고 싶었다. 마치 자신만이 알고 있는 보물의 위치를 말하고 싶어죽겠다는 사람처럼.

"나는 지금까지 많은 것을 잊고 살았어요. 사랑하는 이들에게 요리를 해주는 행복, 사랑하는 사람이 편안하게 쉴 수 있도록 청소를 하는 행복, 함께 드라마를 보는 행복, 사회적 이슈를 함께 대화하는 행복, 아침에 눈을 떴을 때 함께 누워 있다는 행복, 사랑하는 이들과 함께하는 여행, 사랑하는 이들과의 저녁 만찬. 이 모든 게 당연하다고 생각했어요. 하지만 우리에게는 너무도 사치스러운 행복이었어요. 세상 무엇과도 바꿀 수 없는 고귀한……."

박민조는 공감하면서도 그 행복을 누리지 못하는 지윤엄마가 안쓰럽게 느껴졌다.

"누구나 누리는 그 행복에서 언니는 제외되었잖아요. 슬프지 않아요?"

지윤엄마는 단번에 고개를 절레절레 흔들었다. 생각할 필요가 없었다.

"아니요. 슬프지 않아요. 지금도 행복해요. 사랑을 받아

야 되는 동물이 여자라……. 맞아요. 사랑 받지 못하는 여자
는 숨만 쉬는, 죽어 있는 사람일 테죠. 그런데 말이죠. 지윤
이가 곁에 있고 지윤아빠는 여전히 가족이라는 울타리 안
에 함께해요. 지윤이를 사랑하고 나를 사랑하죠. 섹스, 그것
도 중요해요. 사랑을 확인하는, 사랑 받고 있다는 존재감을
확인시켜주니까. 아마 지윤아빠는 섹스에 무감각할 테죠?"

박민조는 굳어버린 목을 억지로 끄덕였다. 지윤엄마는
얼굴빛과 상반된 웃음을 보이며 말을 이었다.

"뜻하지 않게 돈을 주웠을 때 어때요? 횡재라 생각하죠?
버스를 놓쳐버린 줄 알았는데 알고 보니 버스가 늦게 도착
해서 차를 탔을 때는요? 듣고 싶은 노래가 우연히 길거리
에서 흘러나올 때는? 비슷해요, 지금 내가 느끼는 기분. 그
런 우연의 행복이 하루하루 찾아오고 있어요."

"……."

"지윤아빠도 이런 뜻하지 않은 행복을 내게 전해줄 거라
믿어요. 평생을 괴로움과 씨름해야 한다고 생각했던 지윤
이가 나에게 보여준 변화의 행복처럼, 지윤아빠도 그럴 거
라 믿어요."

박민조가 침묵했다. 긍정도 부정도 없는 모습이었다. 지

윤엄마는 그녀를 설득하기 위해 마른 입술에 침을 바르고 마지막 설명을 보충했다.

"그럼 이건 어때요? 확신. 가족이라는 믿음의 확신, 사랑의 확신, 부정의 확신, 나와 함께하는 동반자에 대한 확신. 불안감은 나에게 더 이상 존재하지 않아요. 그건 평생을 함께 걸어가는 우리를 방해하는 행위니까. 소망 따위가 아녜요. 이건 변하지 않는 진리죠."

박민조가 알 수 없는 진한 감동 속에 잠시 할 말을 잃었다. 너무도 강해 보이는, 행복의 또 다른 해석에 자신을 되돌아보았다. 많은 것을 유기했다. 돌아보니 수많은 행복을 그냥 지나치며 살아가고 있었다. 가끔 우리들이 자주 하는 말을 생각해보았다. '이것만 하면 소원이 없겠다.' 그것이 이루어진 뒤 우리는 얼마나 감사를 했을까? 당연한 결과라 생각하고 살아가지는 않았을까? 타인에게, 자신에게 감사가 부족한 우리였다. 그녀가 자신도 모르게 중얼거렸다.

"가족이라……."

"그래요, 가족. 그 울타리만 존재한다면, 우리는 아직 행복한 거라 생각해요. 비록 처참하게 짓밟히고 망가졌지만, 아직 그 누구도 그 울타리를 벗어나지 않았어요. 나, 깨달았어요. 갇혀 있지 않아도 우린 절대 서로를 놓지 않는다는 걸. 지윤아빠도 그랬을 거라 믿어 의심치 않아요. 놓아버릴 수 없었기에, 그렇다고 자신의 이성을 잠재울 수도 없었기에, 스스로가 놓아버리지 않는 길을 선택했다고. 파도가 잠잠해지면 배는 다시 출항해요. 그이도 그렇다 믿어요. 잠시 이성이 항구에 정박한 것이라고. 파도가 잠잠해지면 다시 바다로 돌아올 거라고. 나는 믿어요. 지윤아빠를, 지윤이를, 우리 가족을."

지윤아빠는 어김없이 지윤이에게 편지를 쓰고 있었다. 자신이 보내는 하루 중 가장 행복한 순간이었다. 그를 도와주는 이들이 점차 많아졌다. 어떻게 알고 보냈는지 도라에몽의 새로운 가면과 지윤이 액세서리들이 하루가 멀다 하고 배달되었다. 대부분 익명으로 보내오는 소포들이었다. 오전 11시가 되면 손님 받는 일보다 소포를 확인하는 일에 더욱 분주했다. 지윤엄마와 함께 소포를 뜯어보며 점심시간을 보내는 일이 이제는 당연하게 느껴졌다.

언제나 짧은 편지들이 함께했다.

'힘내세요.'라는 흔한 말도 있었지만 사람들은 저마다 시인이 되어 한껏 충만해진 감성을 이들 가족에게 선물했다.

- 행복하세요. 지금의 상처가 그 무엇이더라도 이겨낼 수 있을 겁니다. 가족이잖아요.
- 우리에게 주어진 시간을 함께 공유하고 위로하고 싶습니다. 혼자가 아닙니다. 우리는 이웃이자 친구, 형제입니다.
- 괴로움, 그것은 행복을 위해 존재하는 하나의 과정입니다.
- 희망이 존재하지 않는 하루는 절망입니다. 제가 지윤이 가족에게 희망이 되어드리겠습니다.
- 삶이라는 축제에 가끔은 술 취한 망나니도 끼어 있는 겁니다. 하지만 망나니 하나로 축제가 중단되지는 않습니다. 우리 함께 축제를 즐깁시다.
- 지금의 힘겨움은 함께라는 진리를 깨우쳐주기 위한 가르침의 과정이라 생각합니다. 지윤이로 인하여 우리는 하나가 되었습니다. 이미 우리는 또 다른 가족입니다.
- 사랑합니다. 진심으로 지윤이를 사랑합니다. 지윤이의 마음 속 상처가 치유되는 날을 제 인생의 기념일로 지정하겠습니다. 그날은 반드시 옵니다. 벌써부터 그날의 축배가 기다려집니다.

- 아이의 아픔은 세상 모든 부모의 아픔입니다. 아이의 기쁨
  은 세상 모든 부모의 기쁨입니다.
- 지윤이가 웃음을 찾는 그날, 대한민국도 다시 웃을 거예요.
- 모든 사람이 응원합니다. 세상에서 가장 행복하다 생각하
  세요. 세상 모든 이들의 응원을 받기란 신도 불가능한 일입
  니다. 지윤이는 세상을 하나로 만든 고귀하고 위대한 아이
  입니다.
- 사랑합니다. 지윤이를, 지윤이 가족들을 진정 사랑합니다.
  저에게는 또 다른 가족이 생겼습니다. 비록 얼굴도 모르는
  가족이지만, 우리는 가족입니다.
- 눈물을 공유했습니다. 이제는 웃음을 공유할 차례입니다. 함
  께 웃을 수 있는 기회도 주셨으면 합니다.
- 지윤이가 웃는 날, 우리 가족은 파티를 하기로 했습니다. 세
  상을 웃게 하는 힘을 가진 천사가 바로 지윤이입니다.

지윤아빠는 편지들의 내용을 아는지 모르는지, 눈물과
웃음을 동시에 보였다. 그럴수록 지윤이에게 편지 쓰는 일
에 열을 올렸다.

"팔이 아픈데도 기쁘다. 헤헤. 아프면 무조건 슬프고 눈

물만 나는 줄 알았는데 웃음도 나오는구나. 헤헤헤."

*

하루가 다르게 변하는 우리 가족의 모습. 나는 지윤아빠
와 지윤이, 우리 셋이 함께하는 꿈이 점점 가까워지고 있음
을 느끼고 있다.

지윤아빠가 오늘 편지를 전해주며 물었다.

"각시야, 지윤이 얼마나 아픈 거야? 왜 아파? 왜 주머니
를 차고 있는 거야?"

예전 같았으면 무너져 내리는 가슴을 겨우겨우 끌어안
았을 말이었다. 궁금해서 나를 빤히 바라보는 지윤아빠를
붙잡고 펑펑 울었을 것이다. 나는 지윤아빠를 꼭 껴안고 말
했다.

"모두가 한 번은 아프잖아. 모두가 흉터 하나쯤은 가지
고 있잖아. 지윤이는 조금 더 아픈 거야. 그래도 괜찮아. 그
아픔, 당신이 도라에몽이 되어서 치료해주고 있어."

"내가 도라에몽으로 계속 있으면 아픈 거 다 나아?"

"응, 다 나아. 다 나으면 다시 지윤아빠로 돌아갈 수 있어."

"정말? 나 지윤이 만날 수 있어?"

"그렇다니까. 지윤이가 뽀뽀도 해주고 아이스크림도 같이 먹어줄 거야."

"와! 하하하!"

지윤아빠가 팬시점을 뛰어다니며 환호했다. 그렇게 좋은 것일까? 예전에는 피곤하다며 잘 놀아주지도 않던 그이였건만. 그렇게 기쁜 것일까?

어떤 이가 말했다. 사랑만으로 채워지지 않는 무언가가 있다고. 나는 아마도 그 말을 내뱉은 사람은 독신이거나 불행한 가족사가 있다고 생각한다. 사랑만이 모든 것을 채울수 있다. 사랑만이 행복이 숨겨져 있는 비밀의 방을 여는 유일한 열쇠인 것이다.

나는 사랑을 하고 있다.

나는 사랑을 받고 있다.

나는 사랑을 주고 있다.

나는, 사랑을 간직하고 그것을 지켜나가고 있다.

사랑을 지켜내는 힘겨움, 그것은 행복이다. 이 복된 힘겨움마저, 소중하다. 그 무엇과도 바꿀 수 없는, 가족이라는……

사랑하는 지윤이에게.

오늘은 많은 선물이 왔어. 도라에몽과 지윤이를 응원
해주는 선물이었어. 우리가 친구라는 사실을 사람들이 모
두 알고 있나 봐. 이제 도라에몽과 같이 지윤이도 유명한
사람이야. 선물들 중에서 지윤이에게 온 것들을 각시에
게 줬으니 꼭 받아봐. 내가 가지고 싶은 것도 있었지만 지
윤이에게 온 선물이니까 욕심을 낼 수 없더라. 오늘은 지
윤이가 아프지 않았으면 좋겠어. 각시가 그러는데 도라에
몽이 지윤이의 아픈 곳을 치료해줄 수 있대. 지윤이랑 도
라에몽이 친구가 되면 금방 나을 수 있는 거라고 했어. 그
러니까 절대 우리 싸우지 말자. 지윤이 편지를 받고는 마
음이 너무 아팠어. 지윤이는 내가 왜 지윤이를 싫어할 거
라고 생각해? 도라에몽은 친구를 싫어하지 않아. 냄새나
는 주머니도 좋아. 나쁜 아저씨가 아프게 했지만 나는 지
윤이가 좋아. 지윤이에게 고약한 냄새가 나도 좋아. 우리
는 친구이니까. 걱정하지 마. 내가 다 치료해줄게. 그런데
도라에몽을 만나기가 무섭다는 말은 서운해. 나는 지윤이
의 단짝 친구인데 왜 나를 만나지 않는다는 건지. 무지무
지 마음이 아팠어. 지윤이가 나를 만나주면 정말 재미있

게 놀 수 있을 텐데.

도라에몽이 비밀 하나 말해줄까? 사실은 말이야. 도라미보다 지윤이가 더 좋아. 도라미가 들으면 서운하겠지만 사실인 걸 어떻게 해. 지윤이가 보내주는 사진은 내가 매일매일 모아서 잘 간직하고 있어. 도라미와 노는 시간보다 지윤이 사진을 보고 편지를 쓰는 일이 더 재미있거든. 지금도 지윤이 사진을 가만히 보고 있는데 키가 더 큰 것 같아. 조금만 있으면 지윤이가 나랑 키가 비슷해질 거야.

오늘은 정말 많은 사람들이 찾아와서 힘들었어. 그래도 지윤이를 생각하면 힘이 샘솟아. 그러니까 도라에몽을 너무 무서워하지 말아줘. 나는 지윤이의 가장 친한 친구니까. 내가 빨리 지윤이 아픈 곳을 다 낫게 해줄게. 도라에몽은 약속한 것을 꼭 지키니까 걱정하지 마. 그리고 지윤이는 나쁜 아이가 아니야. 나도 아프면 각시한테 떼쓰고 신경질 부려. 대신 지윤이가 음식 너무 많이 먹으면 안돼. 뚱뚱한 지윤이는 건강하지 않아. 나랑 약속할 수 있지? 내가 지윤이 선물 오면 또 각시한테 말해서 보내줄게.

아, 참! 지윤이에게 도라에몽이 선물을 주고 싶은데 어떤 선물을 줄까? 아이스크림을 주려다 각시가 매일 사준다고 해서 다른 걸 주려고 해. 지윤이가 가지고 싶은 선물이 있으면 꼭 알려줘. 내가 당장 각시한테 사달라고 해서 보내줄 테니까.

항상 지윤이 생각하면서 즐겁게 살고 있어. 지윤이도 도라에몽 많이 생각하고, 항상 곁에 있다는 걸 잊지 마. 나 지금 손님 왔거든? 답장 빨리 줘. 지윤이가 갖고 싶어 하는 것이 무엇인지 정말 궁금하니까.

지윤이를 사랑하는 도라에몽이.

내가 가장 좋아하는 각시에게.

각시가 하는 말이 무슨 뜻인지 잘 모르겠어. 머리가 아파와. 그런 게 뭐가 두려워? 두려울 게 뭐가 있어서 병사는 99일째 떠난 거야? 공주가 왜 안 나와? 당연히 나올 건데. 그 병사 참 바보다. 공주는 다음 날 분명히 병사에게 왔을 거야. 병사는 왜 공주를 믿지 못했지? 나는 각시랑 지윤이를 믿는데 왜 병사는 사랑하는 사람을 믿지 못했을까? 나는 하루를 더 기다렸을 거야. 분명 공주는 나올 테니까. 병사보다 공주가 더 불쌍해. 공주는 100일 동안 기다리는 병사를 생각하며 얼마나 설렜을까? 병사가 없다는 것을 안 순간은 얼마나 슬펐을까? 각시야, 편지가 너무 슬퍼. 그리고 재미도 없어. 앞으로 이런 편지 쓰지 마. 그리고 우리 앞으로는 편지 자주자주 쓰자. 나 편지 쓰는 게 재미있어. 재미있는 이야기 많이 써줘야 해.

각시야, 나 요즘 자려고 하면 예전에 우리가 봤던 영화들이 생각나. 각시랑 나랑은 칼싸움도 안 하고 인형놀이도 안 했어. 우리는 영화만 봤어. 왜 그렇게 재미없는 놀이를 했지? 〈슈렉〉을 본 것도 아니고 이상한 영화들만 가득 봤잖아. 어젯밤에 잠을 자는데 문득 〈쇼생크 탈출〉이라는 영화가 생각났어. 왜 이 영화가 생각났는지는 잘 모르겠는데, 나쁜 놈들을 주인공이 멋지게 처리했던 것 때문일 거야. 그 주인공이 이런 말을 해.

"희망은 좋은 것이에요. 아마도 최고라고 할 수 있죠. 그리고 좋은 것은 사라지지 않아요."

왜 이 말이 내 머리를 가득 채우고 있는 걸까? 머리가 아파. 영화는 별로 재미없었는데 무척 좋은 말 같아. 나에게 꼭 필요한 말처럼 느껴져. 하루 종일 이 말을 중얼거리는 바람에 잠을 못 잤어. 각시가 일찍 자고 일찍 일어나라고 했는데 잠이 안 와서 이렇게 편지를 쓰는 거야. 각시야, 나 머리가 좋은 거야? 헤헤. 그런데 계속 이 말만 생각나네. 머리가 나쁜 건가?

희망은 좋은 거다. 좋은 것은 사라지지 않는다.

각시야, 나 자도록 노력해볼게. 내일 각시가 일찍 왔으면 좋겠다.

아! 맞다! 각시가 했던 마지막 질문, 이해가 안 가. 당연한 걸 왜 물어보는 거야? 우리는 가족인데. 생각할 게 뭐 있어.

각시와 지윤이를 사랑하는 지윤아빠가.

내 친구 도라에몽에게.

엄마가 오늘 늦게 와서 저녁밥을 먹고 편지를 읽었어. 나를 친구로 생각해줘서 고마워. 사실 나는 학교를 다니지 않아서 친구가 없거든. 아파서 학교를 다니지 못해. 앞으로 도라에몽이 치료를 해준다니까 학교도 갈 수 있을 거야. 그런데 정말 도라미보다 내가 좋아? 나는 도라에몽이 도라미를 많이 좋아하는 줄 알았어. 도라미보다 지윤이를 더 좋아해줘서 기쁘다.

나 책가방이 가지고 싶어. 도라에몽이 선물로 준다니

까 기분 좋아. 엄마한테 선물 받아도 되냐고 물어봤어. 나
는 엄마한테 어떤 일이든 다 물어보거든. 엄마가 감사하
게 받으래. 도라에몽이 그려진 책가방 사줘. 도라미는 없
었으면 좋겠어. 그리고 나 수요일날 놀이공원 가는데 도
라에몽은 뭐 해? 나는 밖에 나가는 걸 싫어하는데 놀이공
원이 갑자기 가고 싶어졌어. 무서운 아저씨들이 없었으면
좋겠다. 엄마가 민조아줌마랑 같이 가는 거니까 걱정하
지 말라고 하는데도 자꾸 걱정돼. 도라에몽이 함께 가주
면 안심이 될 텐데. 도라에몽은 놀이공원에 올 수 없어?
엄마가 그러는데 도라에몽은 바빠서 못 온대. 많이 바빠?
나 정말 용기 내서 놀이공원 가는 거고 도라에몽도 만나
려 하는 거야. TV에서 도라에몽은 착하니까 나를 지켜줄
거야. 그렇지?

　가지 말까? 갑자기 후회가 된다. 무서운 아저씨들 많으
면 어떻게 하지? 걱정하니까 배가 고파. 마구 뭐가 먹고
싶어. 도라에몽은 뚱뚱한 친구 싫다고 했지? 그런데 참으
려고 해도 못 참겠어.

　나 아이스크림 먹을 거야. 과자랑 음료수도 먹을 거야.
못 참겠어. 미안. 오늘만 먹을게. 엄마가 또 나 안고 춤추겠

다. 우리 엄마 정말 재미있어. 화가 난다. 미안. 다음에 편지 쓸게.

지윤이가.

멋쟁이 지윤아빠에게.

오늘 지윤이가 내 온 힘을 쏙 빼놓았어. 너무 힘겨운 날이었어. 하루하루 행복하다 갑자기 이런 일들이 생기면 나도 모르게 침울한 감정이 찾아와.

당신 편지를 읽으며 그나마 위안을 삼고 있어. 〈쇼생크 탈출〉, 언제 적 영화였더라? 생각하다가 비디오 가게에서 빌려보았어. 오늘은 무슨 고민이 있는지 지윤이가 쉽게 잠을 자지 않아서 늦은 새벽에야 볼 수 있었어. 보고나니 '아! 이 영화였구나!' 옛 생각이 새록새록 피어나더라. 이 영화 보기 전에 엄청 싸웠던 거 기억나? 뭐 때문에 싸웠었지? 아주 사소한 일이었던 것 같은데. 아! 내 호출기에 낯선 번호가 찍혔고 당신이 그 번호로 전화를 했는데 남자가 전화를 받았었어. 나는 정말 모르는 사람인데 당신은 다짜고짜 나를 추궁했지. 내가 끝까지 모른다고 하자 결국 우리 둘이 함께 호출을 한 남자를 찾아가는 것으로 마무리되었어. 알고 보니 그 남자는 우리 과 선배에게 내 호출기 번호를 건네받아서 연락을 했던 것이었어. 그 때 은근히 기분 좋더라. 당신은 질투가 없는 사람인 줄 알 았거든. 당신은 미안함에 나에게 영화를 보자고 했고 나 는 화난 표정을 짓고 영화관으로 향했지. 어두운 영화관 에서 왜 그렇게 뽀뽀를 해대던지. 영화에 집중을 할 수 없 었어. 당신의 애정표현 때문에 나는 이 영화를 잘 기억하 지 못했던 것 같아. 오늘 보니까 꽤 명작이네. 당신이 말 한 대사 이외에도 많은 말들이 우리에게 힘을 주는 것 같 아. 희망을 담은 이야기가 우리와 비슷하다.

"처음에는 싫지만 차츰 익숙해지지. 그리고 세월이 지 나면 벗어날 수 없어. 그게 바로 길들여진다는 거야."

우리도 그랬겠지? 처음에는 당신의 싫은 모습, 나의 싫 은 모습이 있었겠지만, 서로가 세월이 흐를수록 길들여졌 을 거야. 마음에 들지 않는 행동들도 차츰 익숙해지면서 말이야. 그리고 벗어날 수 없게 되어버렸겠지?

우리의 사랑도 그랬으면 좋겠다. 길들여져서 벗어날 수 없게 되어버렸으면. 아무리 어떤 일이 닥쳐도 서로를 놓지 못할 정도로. 나는 그렇다고 믿어. 당신은 어떨까?

그냥 당신도 그렇다 믿을래. 그게 나에게 가장 쉬운 일이니까.

별로 감상적인 대사는 아닌데 내 가슴을 후벼 파는 말도 있었다. "여기서는 나만 유죄야."라는 아주 나에게 걸맞은 말. 어떤 죄라도 핑계를 대고 정당화시키고 싶지만, 지윤이의 아픔만은 내가 만들어낸 죄악이라 생각하게 돼. 엄마라는 존재의 거부할 수 없는 죄의식일까? 갑자기 당신이 보고 싶어졌어. 당신만은 나를 무죄라 말하겠지? 모든 세상이 나를 욕해도 당신만은 나에게 무죄를 선고하겠지?

당신만은 내편이 되어줄 거지? 나는 믿어. 그 믿음을 의심하지도 불신하지도 않을 거야. 당신은 나에게 있어서 언제나 행복이니까.

영원이라는 불가능한 기적을 선물해준 유일한 사람이니까.

사랑해요. 정말 사랑해요. 지윤아빠.

당신을 사랑하는 지윤엄마가.

7화. 사랑만으로

지윤이 편지를 읽은 지윤아빠가 조심스럽게 지윤엄마를
바라보았다. 지윤엄마는 도시락을 펼치고 있었다.

"각시야."

"응?"

지윤엄마가 웃으며 지윤아빠를 바라보았다. 그의 눈빛
이 심하게 흔들렸다.

"지윤이랑 놀이동산 가?"

"지윤이가 편지에 그런 내용을 썼어? 응, 오늘 민조 씨랑
같이 가기로 했어."

"나도 가면 안 돼?"

도시락에 분주하게 손을 움직이던 지윤엄마가 잠시 멈칫

했다.

"안 돼. 아직은 안 돼."

"지윤아빠가 아닌 도라에몽인데도?"

"도라에몽이라도 안 돼. 조금만 참아."

"지윤이가 오라고 했는데…….."

"안 돼. 지윤이가 목소리를 알아들을 거야. 조금만 참아."

지윤엄마의 목소리에서 단호함과 달램이 함께 묻어 나왔다. 지윤아빠가 기죽은 모습으로 고개를 숙였다. 그녀는 그의 모습을 보고 있자니 억울함이 찾아왔다. 한 가정의 가장이라면, 딸아이의 아빠라면 함께하는 것이 자연스러워야 했고 당연했다. 가장 기본적인 권리마저 박탈당한 지윤아빠. 그녀는 숨을 고르게 쉬며 평정심을 되찾으려 애를 썼다.

"지윤아빠, 대신 놀이공원에 가서 지윤이랑 화상통화 하게 해줄게."

"화상통화?"

지윤아빠가 잠시 생각하더니 두 손바닥을 짝! 하고 부딪쳤다. 오래전 지윤이와 자주 화상통화를 했던 기억이 떠올랐다. 장난도 치고 함께 놀곤 했던 나날들이었다. 지윤이가 빨리 오라고 재촉하던, 새로운 율동을 배웠다며 춤을 보여주던 예쁜 기억들.

"정말이지?"

지윤아빠가 확답을 듣고 싶어했다.

"정말이야. 그러니까 좀 참아. 약속할게."

지윤엄마가 새끼손가락을 들어 보였다. 지윤아빠가 손가락을 걸며 방그레 웃었다.

박민조가 지윤이와 함께 병원 입구에 서 있었다. 지윤엄마가 급정거를 했다. 급하게 내려 지윤이를 번쩍 안아 들고는 박민조를 바라보았다.

"미안해요. 그 사람이 자꾸 같이 가자고 해서."

"도라에몽?"

지윤엄마의 말을 받은 쪽은 지윤이었다. 지윤엄마가 고개를 절레절레 흔들었다.

"아니야. 도라에몽은 오늘 너무 바빠. 만화영화에 출연해야 하거든."

지윤엄마가 지윤이를 조수석에 태웠다.

"도라에몽이 준 편지야. 읽어봐."

지윤엄마가 가방에서 편지를 꺼내 지윤이에게 건넸다.

조수석 문을 닫은 그녀가 박민조에게 향했다.

"지윤아빠가 계속 함께 가고 싶다고 하는 바람에 진땀을 뺐어요. 아직은 아닌 거 같아서."

"괜찮아요. 어서 가요. 오늘은 언니도 아무 생각 말아요. 평일이라 사람도 별로 없을 거예요. 선배는 언니가 이야기한 대로 나중에 함께 갈 수 있을 테니까."

박민조가 먼저 차에 올랐다. 지윤엄마가 차를 출발시켰다. 조수석에서 편지를 읽고 있던 지윤이가 피식 웃음을 보였다.

"도라에몽이 재미있는 이야기를 써준 거야?"

지윤엄마가 물었다.

"응. 아주 재미있는 이야기."

"무슨 이야기?"

"비밀이야. 엄마, 나 바이킹 타도 돼?"

"바이킹?"

"응. 바이킹 타고 싶어. 가자마자 바이킹 타자."

　사랑하는 내 친구 지윤이에게.

　지윤아, 오늘 놀이공원에 가는 날이네? 각시가 말해줬어.

지윤아, 각시한테는 절대 말하지 않는다고 약속해야 돼. 도라에몽이 아주 재미있는 계획을 세웠거든. 사실 오늘 각시가 같이 못 간다고 했는데, 도라에몽이 각시 몰래 놀이동산에 갈 거야. 각시가 알면 분명 화를 낼 테니까 절대 이야기하면 안 돼. 지윤이도 도라에몽 보고 싶지? 놀이동산에 가면 바이킹이 있을 거야. 거기서 기다릴 테니까 지윤이가 바이킹 쪽으로 오면 돼. 도라에몽은 기분이 좋아. 오늘 지윤이와 만나는 날이잖아. 꼭 와야 돼. 올 때까지 기다릴게. 지윤이가 나를 무섭게 보지 않아서 너무 고마워. 도라에몽이 오늘 재미있게 놀아줄게. 지윤이 아픈 것도 다 나을 수 있도록 도와줄게. 지윤이랑 만날 생각하니까 벌써부터 신나는 것 같아. 지윤이도 그랬으면 좋겠다. 지윤이랑 오늘 하루를 함께하는 거야. 각시한테는 절대 비밀로 하기! 약속!

지윤이의 영원한 친구 도라에몽이.

찌는 듯한 더위 속에 도라에몽이 택시를 잡으려 서 있다. 큰길가인지라 모든 사람이 그를 바라보며 피식 웃음을 지었다. 도라에몽 가면도 가면이지만, 큰길 1차로를 거의 막

202

다시피 한 채 택시를 잡고 있었기 때문이다. 우스꽝스러운 포즈로 여러 차례 택시 잡기를 시도했지만 쉽사리 멈춰서는 택시는 없었다.

온몸이 열기로 가득차고 땀이 비 오듯 쏟아지는 가운데에서도 도라에몽은 계속 택시를 향해 손을 흔들었다. 원래 택시들이 흔한 거리인데, 폭염 때문인지 오늘따라 줄은커녕 멈춰 선 택시들도 없었다. 간혹 택시가 멈춰 서면 도라에몽보다는 평범한 사람들 앞에 정차를 했다.

한참 동안 차를 세우기 위한 노력이 허사가 되자, 도라에몽은 다른 방법을 강구했다. 저 멀리 한 남자가 택시를 잡기 위해 서 있었다. 그는 천천히 그 남자의 뒤로 다가갔다. 남자가 택시를 잡아 세웠다. 남자가 차 문을 열려 하자 갑자기 뒤에서 튀어나온 그가 새치기를 하였다.

"미안해요. 급하게 놀이동산을 가야 해서요."

더위에 짜증이 더해진 남자의 인상이 구겨졌다. 도라에몽은 뻔뻔하게 차 문을 닫아버린 뒤 기사에게 말했다.

"아저씨, XX랜드로 가주세요."

"저분이 잡았는데요."

기사는 쉽게 움직이지 않았다. 남자는 화를 내며 차 문을 열어 도라에몽을 끌어내려 했다. 그가 소리쳤다.

"딸이 기다리고 있어요! 내 딸이 지금 바이킹 앞에서 나를 기다리고 있어요! 늦으면 안 돼요! 내가 먼저 기다려야 한단 말이에요!"

남자가 지윤아빠의 먹살을 맥없이 풀었다. 그는 조심스럽게 문까지 닫아주고는 재빨리 뒤로 가 다른 택시를 잡으려 했다. 기사는 "XX랜드요? 바로 가겠습니다."라고 말한 뒤 시원스럽게 차를 출발시켰다.

"덥죠?"

기사가 백미러로 도라에몽을 바라보며 말했다. 그가 말을 대신해 고개로 긍정을 나타냈다. 기사는 에어컨을 세게 틀었다.

"가면 좀 벗고 있어요."

"아니에요. 나는 도라에몽이에요. 지금은 지윤이아빠가 될 수 없어요. 도라에몽이 되어야 해요."

"지윤? 지윤이요?"

택시기사가 신호 대기 중 고개를 돌려 도라에몽을 바라보았다.

"네, 우리 지윤이요."

기사는 몸을 과격하게 돌리더니 지윤아빠의 손을 잡았다.

"내 나이 50이오. 아이들 키우면서 이렇게 위로를 전하고 싶은 아빠는 처음 만나봅니다. 힘내세요. 힘내세요, 지윤아빠."

"지윤아빠라고 하시면 안 돼요. 나는 도라에몽이니까요."

뒤차가 빵빵거리며 그들의 대화를 방해했다. 택시기사는 급하게 차를 출발시켰다. 빠르게 달리던 택시가 도로변에 위치한 편의점 앞에서 끼익! 하고 정차했다.

"잠시만 기다려요."

"빨리 가야 되는데."

"지윤이보다 먼저 도착할 수 있어요. 걱정 말아요. 내가 이래봬도 총알택시라우."

빠르게 차에서 내린 기사는 편의점 안으로 들어가 음료수를 사 왔다. 다시 택시에 오른 기사는 도라에몽에게 음료수를 권했다.

"고맙습니다. 하지만 안 돼요. 나는 도라에몽이거든요."

도라에몽의 손에 억지로 음료수를 쥐여준 채 차를 출발시키며 말했다.

"괜찮아요. 지금은 지윤아빠가 되어도 상관없어요. 어서 들어요. 너무 덥잖아요."

"괜……찮을……까요?"

"괜찮아요. 나랑 지윤아빠 둘만의 비밀로 합시다. 내가 비밀을 지켜줄게요. 약속해요. 빨리 마셔요. 놀이동산까지 금방 가요."

도라에몽이 천천히 가면을 벗었다. 머리카락이 땀으로 흠뻑 젖어 있었다. 기사가 그에게 휴지를 건넸다. 그가 "고맙습니다."라고 말하며 휴지로 얼굴을 닦았다.

"지윤이 많이 보고 싶지요? 얼마 만에 보는 건가요?"

"잘 모르겠어요. 그런데 우리 지윤이 알아요?"

기사의 얼굴에 씁쓸한 미소가 담겨 있었다. 도라에몽과 기사는 백미러로 서로 눈을 맞추며 대화를 이어갔다.

"본 적은 없지만 지윤이가 예쁜 아이고, 지윤아빠가 훌륭한 아빠라는 것은 알아요."

"어떻게요?"

"나도 부모니까요. 아이를 가진 부모니까요."

"나는 아저씨를 잘 모르는데……."

"느껴봐요. 아이를 가진 부모의 가슴을 알 수 있을 거예요."

다시 차가 신호 대기를 위해 정차했다. 여전히 서로의 두 눈은 백미러를 통해 마주하고 있었다. 그들의 눈은 서로에게 많은 것을 전달했다. 동시에 눈시울이 조금씩 붉어졌다. 파란불이 켜지고 택시가 다시 출발했다. 도라에몽이 말했다.

"딸을 키우고 계시네요. 그것도 아주 예쁜 딸아이를."

택시에서 내린 도라에몽이 급하게 놀이동산으로 입장하기 위해 매표소로 향했다. 매표소 여직원이 그를 의심스러운 눈초리로 노려보았다.

"어디 소속이세요? 오늘은 퍼레이드가 없는 걸로 아는데."

"우리 딸 만나러 왔어요. 어른 한 장이에요. 자유이용권으로 해주세요."

도라에몽은 복장 안으로 손을 넣어 지갑을 꺼냈다.

"이런 차림으로는 입장이 불가합니다. 죄송합니다. 가면을 벗어주세요."

직원이 입장을 저지하는 날카로운 목소리와 함께 남몰래 책임자를 호출했다.

"들어가야 돼요. 보내주세요. 딸이 기다리고 있단 말이에요."

"안 돼요. 규칙상 캐릭터 복장은 퍼레이드를 주관하는

업체만 허용됩니다. 죄송합니다."

"들어가야 돼요. 나는 도라에몽 맞아요. 그러니까 들여보내줘요."

한참 실랑이가 벌어지고 있는데 중년의 책임자가 매표소를 찾았다. 도라에몽을 보고는 친절한 미소로 말했다.

"죄송합니다. 이 복장으로는 입장할 수 없습니다. 미리 통보를 해주셨으면 괜찮을 텐데. 정말 죄송합니다."

"안 돼요. 지윤이가 기다리고 있어요. 약속했단 말이에요. 바이킹 앞에서 우리 만나기로 했단 말이에요."

책임자가 다시 '죄송합니다.'라고 말을 꺼내려는 순간, 매표소 여직원이 말을 가로챘다.

"지윤이요?"

직원의 물음에 책임자는 '지윤이?' 하는 표정을 보이다 순간 '아! 지윤이!' 하는 밝은 표정을 지어 보였다. 지윤이를 안다는 기쁨 때문일까? 도라에몽이 급하게 말했다.

"네, 지윤이요. 지윤이를 만나러 왔어요."

책임자가 말했다.

"들어가시죠."

도라에몽이 매표소에 돈을 지불하려 했다. 그러자 직원

이 친절한 미소를 보이며 말했다.

"그냥 들어가세요. 지윤이를 위한 손님은 오늘 공짜예요."

"정말요? 와! 감사합니다!"

도라에몽이 빠르게 걸음을 재촉했다. 그 뒷모습을 한참 바라보던 책임자가 허리에 차고 있던 무전기를 꺼냈다.

"오늘 퍼레이드 할 수 있는 행사팀 당장 섭외해서 바이킹 있는 곳으로 보내. 그곳에 도라에몽이 있을 거야. 지윤이 아빠가…… 지윤이를 기다리고 있을 거야."

지윤이가 오른쪽 손은 엄마에게 왼쪽 손은 박민조에게 맡긴 채 바이킹이 있는 곳으로 향했다. 웃음 가득한 지윤이를 바라보며 박민조가 물었다.

"오랜만에 나오니까 기분 좋구나?"

아무 말 없이 지윤이가 빠른 걸음으로 그녀들을 이끌었다. 저 멀리 도라에몽이 보였다. 안절부절못하며 서 있는 도라에몽에게 지윤이가 뛰어가려 했다. 지윤엄마의 표정이 굳어졌다. 뛰어가려는 지윤이를 꽉 붙잡았다.

"엄마, 왜 그래."

손을 뿌리치려는 지윤이. 그런 지윤이의 손을 더욱 세게 쥐는 지윤엄마. 그녀는 아무 말 없이 박민조를 바라보았다. 박민조 역시 딱딱한 표정을 감출 수 없었다. 눈빛으로 지윤엄마가 '어떡하죠?' 하고 박민조에게 물었다. 박민조는 잠시 갈등했다. 지금 지윤아빠에게 지윤이가 달려가게 되었을 때 일어날 수 있는 모든 상황을 정리하고 있었다. 여덟 살 아이의 지능. 지윤아빠를 믿을 수 있는 구석은 조금도 없었다. 그런데 박민조는 자신도 알 수 없는 확신이 가슴속에서 머리를 향해 뛰어드는 것을 느꼈다.

"도라에몽이잖아요. 지윤이가 좋아하는."

박민조 자신도 모르게 입이 열렸다. 지윤엄마 역시 박민조와 같았다. 둘은 동시에 지윤이의 손을 놓아버렸다. 기다렸다는 듯 지윤이가 도라에몽을 향해 뛰어갔다. 그 뒤를 천천히 따라가는 그녀들. 도라에몽 앞에 다가간 지윤이가 멈칫했다. 도라에몽이 지윤이를 번쩍 안아 하늘 높이 치켜들었다.

지윤이는 환호성을 질렀다. 지윤엄마와 박민조는 도라에몽에게 가까이 다가갔다. 둘은 동시에 바닥에 널브러져 있는 바람 빠진 풍선을 주목했다. 열 개, 아니 하나하나 세어보니 정확히 열다섯 개의 풍선이 힘없는 모습으로 제 구실을 하지 못하고 있었다. 도라에몽의 손목에는 수많은 풍선들이 묶여 하늘을 향해 둥둥둥 떠 있었다.

그녀들은 피식 웃으며 서로를 바라보았다. 걱정이 필요 없었다. 긴장이 풀리니 뜨거운 기운이 눈을 통해 전해졌다.

"지윤이, 도라에몽이 얼마나 보고 싶었는지 알아?"

"어? 방송에서 듣던 목소리가 아니네?"

헬륨가스 때문에 도라에몽의 목소리가 가냘펐다. 살짝 의심스러운 표정을 짓는 지윤이. 지윤엄마가 도라에몽에게 다가갔다.

"도라에몽 맞아. 어제 감기에 걸려서 그래. 그래서 목이 조금 아야 한 거야."

옆으로 다가온 박민조가 거들었다.

"그래 지윤아, 아줌마가 의사잖아. 감기 걸린 거 맞아."

도라에몽이 지윤이를 다시 힘껏 안았다. 뭐가 그리 즐거운지 지윤이는 웃었고, 도라에몽은 지윤이를 높이 치켜들고 뱅글뱅글 돌며 온갖 장난스러운 행동을 보여주고 있었다.

박민조와 지윤엄마는 알 수 있었다. 아니 그 모습을 지켜보는 모든 이들이 느끼고 있었다. 도라에몽의 가면 속 눈물을. 어깨가 들썩이지 않아도, 도라에몽의 웃는 얼굴 안에 누가 있는지 모두 느끼고 있었다.

많은 사람이 도라에몽과 지윤이 주위를 에워쌌다. 그 인파들 사이로 많은 만화 캐릭터들이 음악과 함께 등장했다. 도라미도 있었다. 사람들의 박수가 터져 나오며 환호성이 놀이동산을 가득 메웠다.

지윤이와 도라에몽을 중심으로 모든 사람이 하나가 되었다. 그중 한 사람이 소리쳤다.

"도라에몽! 도라에몽! 지윤이! 지윤이! 힘내라! 파이팅!"

운율을 섞은 외침이 한 번 시작되자 많은 사람들이 함께 소리쳤다.

"도라에몽! 도라에몽! 지윤이! 지윤이! 힘내라! 파이팅!"

*

지윤아빠가 놀이동산으로 찾아온 것은 상상도 할 수 없는 일이었다. 여덟 살 지능을 가진 사람이라 더욱 믿기지 않았다. 그이는 지윤아빠였다. 도라에몽 가면 속에 가려져 있지만 그이는 지윤아빠가 분명했다. 세상 모든 사람들이 그이를 도라에몽이 아닌 지윤아빠로 바라보았다. 그이는…… 어떤 모습으로 있더라도, 영원히 지윤아빠다. 삶이라는 여정을 계속 걸어가는 한, 나도 그이도 영원히 지윤이의 부모로 기억될 것이다. 뿌리치고 싶어도 언제나 따라다니는 아름다운 낙인. 지윤엄마, 지윤아빠. 그게 바로 우리의 이름이다.

내가 가장 많이 사랑하는 지윤엄마에게.

오늘 각시에게 거짓말을 했어. 미안해. 하지만 지윤이가 보고 싶어. 각시에게 손가락까지 걸고 약속했지만 한 번만 어길게. 각시가 이 편지를 당장 뜯어보지 않았으면 좋겠다. 그러면 나의 계획은 엉망이 되어버릴 테니까.

지윤이를 보고 싶어하는 착한 마음이니까 이해해줘. 나는 각시가 이해해줄 거라 굳게 믿을 거야.

뜬금없이 영화 〈아이 엠 샘〉이 생각났어. 각시랑 본 영화 중 가장 내가 좋아하는 영화일 거야. 〈아이 엠 샘〉에 나오는 아빠와 나는 비슷한 거 같거든. 영화에는 나같이 딸을 볼 수 없는 아빠가 나와. 각시와 그 시절 영화를 볼 때에는 아빠가 멍청한 사람으로 보였는데 지금은 나랑 비슷한 사람이라 생각해. 마치 친구같이 느껴져. 이 영화에서 아빠는 아이를 만나러 가기도 하고 몰래 아이를 데리고 병원으로 도망치기도

해. 나도 갑자기 그러고 싶어졌어. 그래서 오늘 도라에몽
이 되어서 지윤이를 만날 결심을 하게 되었던 거야. 각시
가 나를 용서해줄까, 하는 마음은 솔직히 생각지도 못했
어. 그냥 지윤이가 보고 싶었었거든. 막상 가려고 하니까
각시가 화낼 게 무서워. 혼날 걸 뻔히 아는데도 나는 가야
해. 지윤이가 보고 싶으니까. 그래서 가기 전에 이렇게 잘
못했다는 편지를 쓰는 거야.

각시야, 이 영화에서 아빠가 이런 이야기를 해.

"처음에 조지 해리슨은 자기가 곡을 쓸 줄은 몰랐대요.
하지만 그가 만든 곡에는 이런 말이 있죠. 'I love you, I
love you, I love you.' 이 말이 있어서 유명해질 수 있었어
요. 그래서 1970년 비틀즈가 해체되자 전 세계가 울었던
거예요."

무슨 뜻인지 잘 모르겠는데, 그냥 이 말을 하면 각시가
화를 내지 않을 것 같아. 그리고 이 아빠가 했던 말 중에
"저 자신을 존경해요. 저는 아버지이니까요."라는 말은
내가 나에게 꼭 해주고 싶어. "저는 루시를 돌볼 자신은
없지만 누구보다도 많은 사랑을 줄 자신은 있습니다."라
는 말도 함께. 어떻게 설명을 해야 할지 잘 모르겠지만 각

시는 내가 하는 말 이해해줄 거라 굳게 믿어.

이 영화에 나오는 아빠는 나에게 어떤 아빠가 좋은 아빠인지도 알려줬어. 아직은 내가 잘 이해를 못하지만. 그래도 이 말은 꼭 외워야 한다는 생각이 나에게 강하게 전해졌어.

"좋은 아빠가 되기 위해 오랜 시간을 생각했습니다. 그것은 항상 곁에 있어주는 겁니다. 그리고 참는 거요. 그리고 들어주는 거요. 적어도 들어주는 척하는 거요. 더 이상 들어줄 수 없을 때도요."

나중에 각시가 나에게 설명해줬으면 좋겠어. 내가 꼭 알아야 하는 말 같아. 답답하게도 무슨 말인지 잘 모르겠어. 이 편지를 받으면 꼭 알려줘야 해.

아! 각시에게 해주고 싶은 말이 갑자기 떠올랐어. 내가 하는 말은 아니지만, 내가 했다고 그냥 믿어줘.

"당신 마음, 나에겐 중요해요."

진심이야. 당신 마음, 나에겐 중요해요.

오늘의 일 이해해줘. 그리고 당신 마음, 나에겐 중요해요.

사랑해, 각시야. 그리고 정말 잘못했어.

지윤엄마를 정말 사랑하는 지윤아빠가
잘못했다고 보내는 편지.

내 남편, 지윤아빠에게.

놀이동산에 다녀온 후 편지를 읽은 걸 다행이라고 생각해. 전혀 화나지 않았어. 오늘 당신 나에게 혼날까 봐 잠도 못 자고 있는 건 아니겠지?

절대 화나지 않았으니 걱정하지 않았으면 좋겠다. 당신이 잠을 푹 잤으면 좋겠어.

오늘 놀이동산에 잘 왔어. 앞으로는 자주 지윤이를 만나게 해줄게. 많은 사람들이 박수 치는 거 봤지? 비밀 하나 말해줄까? 지윤이 말고 모두가 당신이 지윤아빠라는 것을 알고 있어. 몰랐지? 그러니까 앞으로도 지윤이만 당신이 아빠라는 것을 모르게 하면 돼. 다른 사람들은 이미 모두 알고 있으니 불안해하지 말고.

지윤이가 도라에몽을 이렇게 좋아하는 줄 알았으면 진작 함께 만나게 해줄걸 그랬어. 지윤아빠도 오늘 즐거웠지? 지윤이랑 놀이기구를 같이 타니까 행복했지? 나도 당신과 지윤이와 함께 있는 순간이 너무 즐거웠어. 앞으로 우리 자주자주 이렇게 함께하자. 대신 약속한 100일 밤 동안은 계속 도라에몽으로 살아가야 해.

〈아이 엠 샘〉, 정말 많은 눈물을 쏟게 한 영화였지. 당신의 편지를 읽기 전, 나 역시 놀이동산에서 이 영화를 떠올리며 당신과 지윤이를 만나게 하지 못한 것을 후회했어.

그 영화에서 나에게 지금 가장 소중하게 느껴지는 대사는 이거야.

"사랑하는 것과 지적인 능력은 전혀 관련이 없습니다. 지능이 곧 사랑의 능력을 저울질하는 척도는 아닙니다. 우리에게 필요한 건 바로 사랑입니다." 바로 이거야. 나는 왜 이 영화를 보고도 이 말을 생각해내지 못했을까? 내일은 당신이 좋아하는 반찬들로 가득 싸 갈 생각이야. 내 사과를 받아줬으면 좋겠네.

당신은 당신이야. 영화에서 샘이 "저는 장애인이 아녜요. 난 샘이라고요." 했던 것처럼 당신은 당신이고 지윤아빠야. 앞으로 절대로 당신을 유기하지 않을게.

지윤아빠, 나도 당신에게 말하고 싶어. 영화에서 나온, 아니 당신이 했다고 믿는 그 말을 나도 지금 당신에게 하고 싶어.

당신 마음, 나에겐 중요해요.

사랑합니다. 내 사랑.

　　세상에서 가장 지윤아빠를 사랑하는 지윤엄마가.

나를 즐겁게 해준 도라에몽에게.

오늘 정말 놀랐어. 도라에몽을 보게 될 줄 누가 알았겠어? 만약 나에게 친구가 있었다면 자랑했을 거야. 도라에몽이 나를 만나러 바이킹에 왔었다고. 나를 번쩍 안는데 기분이 정말 좋았어. 세상을 다 가진 기분이었거든. 사실 처음에는 무서웠어. 도라에몽이 생각했던 것보다 훨씬 커서 나쁜 아저씨가 계속 생각났어. 미안해. 친구인데 그런 나쁜 생각을 해서. 하지만 도라에몽이 안아주는 순간 무서운 마음이 사라졌어. 도라에몽, 나 이제 용감해질 수 있을 것 같아. 도라에몽이 나에게 용기를 주었거든. 도라에몽이 무서운 놀이기구를 함께 타주니까 전혀 무섭지 않았어. 계속 내 곁에 있어줄 거지? 도라에몽이 친구라는 사실이 행복하고 자랑스러워.

도라에몽과 함께 더 놀고 싶었는데 많이 아쉬웠어. 다음에는 더 일찍 만나서 재미있게 놀자. 소꿉놀이도 하고, 놀이터도 함께 가자. 놀이터에 있는 친구들도 도라에몽을 보면 좋아할 거야. 그래도 너무 친해지지는 마. 도라에몽은 나랑 가장 친한 친구니까.

더 쓰고 싶은데 너무 졸려. 오늘은 일찍 잘게.

도라에몽, 정말 고마워.

　　　　　　　　도라에몽의 영원한 친구 지윤이가.

8화. 새로운 행복을 찾아서

지윤엄마가 박민조와 함께 한 초등학교 교장실을 찾았다. 지윤엄마는 두 손으로 불안을 매만지고 있었다. 며칠을 고민한 끝에 내린 결정이었다. 지윤이가 조금씩 자신을 둘러싼 장벽을 허물고 있는 모습을 본 박민조가 지윤엄마를 설득했다. 지윤이가 계속 혼자만의 생활에, 엄마만을 의지할 수는 없는 노릇이었다.

처음에는 지윤엄마가 강한 거부감을 나타냈다. 웃음을 되찾아가고 있는 지윤이가 다시금 상처를 받거나 두려움 때문에 예전으로 돌아갈 것 같았기 때문이다. 그녀는 조금씩 안정을 되찾아가는 상황에서도 불안함을 떨쳐버릴 수 없었다.

박민조는 끊임없이 지윤엄마를 이해시키려 노력했다. 다시 사람들과 함께할 수 있는 기회를 제공하고, 그 기회는 또래의 아이들로 하여금 쉽게 적응할 수 있다는 논리적인 이야기를 차분하게 이어갔다.

지윤엄마는 선택의 기로에서 갑자기 지윤아빠를 떠올렸다. 혼자의 힘으로는 도저히 결정을 내릴 수가 없었다. 충분한 상의를 거쳐 결정을 내려야 한다는 의무감? 가족이라는 울타리의 권리? 이 비슷한 마음들이 그녀를 그에게로 이끌었다.

여느 때와 다름없이 도라에몽 가면을 쓴 지윤아빠가 지윤엄마를 맞이했다. 지윤엄마는 도시락을 챙겨주며 말을 꺼냈다.

"지윤이, 학교에 가려고 해. 당신 생각은 어때?"

"학교?"

"지윤이가 많이 아팠었잖아. 이제 조금 괜찮아져서 민조 씨가 학교에 다시 다녀도 괜찮을 거 같다고 하더라. 당신 생각은 어때?"

"다녀야지. 당연히 다녀야지. 공부해야지."

지윤아빠는 당연하다는 표정을 지으며 원망스러운 표정

으로 도시락에서 눈을 떼지 못했다. 지윤엄마가 그를 물끄러미 바라보았다. 그는 가면을 벗고는 정신없이 밥을 먹기 시작했다.

"허락한 거야?"

"응?"

"지윤이 학교 다니는 거 말이야."

지윤아빠가 갑자기 음식을 씹다 말고 지윤엄마를 바라보았다. 그녀 역시 그를 쳐다봤다.

"지윤이가 학교 다니는 게 잘못된 거야? 당연한 거잖아."

"학교에 다니면 다시 아플 수도 있어."

"민조가 그랬어?"

"아니, 내 생각이야."

잠시 침묵이 이어졌다. 서로 먼저 대답이 나오길 바라는 모습이었다. 여덟 살의 지능이지만, 지윤아빠는 지금 상황이 쉽사리 결정을 내릴 수 없는 일이라는 걸 느끼고 있었다. 마치 어떤 위험한 물건을 두고 상대방이 그 뚜껑을 열어주길 바라는 일과 같았다.

결국 지윤엄마가 먼저 입을 열었다.

"내가 알아서 할게. 당신, 걱정하지 마."

지윤아빠에게 대답을 기대한 자신을 책망했다. 그녀가 물을 가지러 일어섰다. 그가 그녀의 손을 잡았다.

"보내. 그래도 학교 보내야지. 아프다고 집에만 둘 수 없 잖아. 친구들과 재미있게 놀 수 있게 해줘야지. 민조가 아 프지 않을 거라 했으니까 아프지 않을 거야. 아프면 각시랑 나랑 또 보살펴주면 되잖아. 우린 부모잖아. 학교, 보내자."

어린아이 같은 말투. 하지만 지윤엄마에게는 그 어떤 누 구의 말보다 의지가 되는 말이었다. 그녀는 힘찬 발걸음으 로, 마치 학생이 선생님에게 어려운 문제의 답을 들어 들뜬 것처럼 지윤이를 데리러 병원으로 향했다.

지윤엄마는 지윤이를 집으로 데려오자마자 은근슬쩍 물 었다.

"학교 갈래?"

"……."

"민조 아줌마가 아무 말도 안 해?"

"했어."

지윤이는 자신의 배에 채워진 주머니를 바라보았다. 친 구들과 다른 자신의 모습에 겁을 먹은 듯했다.

"학교 다니자. 지윤이는 예쁘니까 친구들이 좋아할 거야."

잠시 갈등하던 지윤이가 입을 열었다.

"도라에몽한테 물어보자."

"도라에몽한테?"

"응, 도라에몽이 가라고 하면 갈래."

*

지윤아빠에게 편지를 쓰게 했다. 지윤이가 학교가기를 무서워한다며 학교에 갈 것을 요구하는 편지를. 지윤이는 도라에몽이 쓴 편지를 받아보고는 단번에 학교에 갈 것을 결정했다. 지윤이의 모습에 한 가지 걱정이 늘었다. 지윤이의 기억 속에서 지윤아빠가 점점 멀어지는 것은 아닌지.

나는 열 군데가 넘는 초등학교를 찾아다녀야 했다. 처음 찾아간 지윤이가 다니던 학교에서는 지윤이를 거부했다. "왜 안 되나요?"라고 물으면, 교장은 지윤이가 상처 받을 거라는 말 한 마디로 재입학을 거부했다. 다리품을 팔아 집 근처 초등학교를 다 돌아보았지만, 마찬가지였다. 모두가 비슷한 이유를 대며 거절의사를 밝혔다.

과연 지윤이를 걱정하는 마음으로 그러는 걸까? 나는 경멸의 의구심이 들었다.

민조 씨의 도움을 받아 마지막으로 집과는 조금 떨어진 어느 학교를 찾아갔다. 민조 씨는 교장에게 지윤이의 정신적 상태를 구체적으로 설명했다.

"많이 좋아졌어요. 지금은 나이가 많은 남성에게만 경계심을 보이는 상태입니다. 초등학교는 대부분 여선생님들이고, 더군다나 이 학교는 두 명의 남자선생님만 있는 것으로 알고 있어요. 지윤이가 조금만 적응한다면, 큰 문제는 일어나지 않을 것으로 생각합니다."

"혼자 결정할 수 있는 일이 아니라서……."

교장은 지금 당장 대답을 요구하는 민조 씨와는 달리 대답을 회피했다. 민조 씨가 단호하게 말했다.

"학생을 거부하시는 거예요? 무슨 문제가 있는 아이가 아니라는 걸 알면서도요? 기자들이 이 사실을 알면 어떤 보도를 내보낼까요?"

민조 씨의 말은 협박에 가까웠다. 나는 둘의 대화를 듣고 있자니 가슴이 미어져 답답함을 느꼈다. 많은 사람이 응원했다. 지윤이가 정상으로 되돌아왔다 믿고 있었다. 하지만 세상은 여전히 지윤이를 받아들이지 않고 있었다. 순수

한 아이가 아닌 때가 묻은 더러운 아이로 기억하고 있었다. 나도 모르게 눈물이 터져 나오려 했다. 입술을 깨물었다. 내 손은 서로를 찾으며 감정을 억누르고 있었다.

"아! 그런 뜻이 아니라……."

교장이 이마에 맺힌 땀을 재빨리 닦아내며 말했다. 민조 씨의 얼굴은 잔뜩 붉어져 있었다. 나 역시 그랬다. 얼굴은 함께 붉어졌지만 입장은 확연하게 달랐다. 민조 씨와 내 두 눈이 그것을 증명했다. 민조 씨는 화가 치밀어 오르는 분노로, 나는 엄마의 자격을 박탈당한 부끄러움으로, 상반된 눈빛을 보이고 있었다.

여러 학교를 찾아다닐 때마다 그랬다. 나는 아이의 인생을 망쳐놓은 엄마로 비춰졌다. 내가 살아 있다는 것에 죄를 느낄 정도로 부끄러움이 밀려들어왔다. 마치 사람들이 나를 죄인으로 몰아가는 느낌이었다. 어느 교장은 '왜 아이를 혼자 두셨어요. 죄송합니다.'라는 책망으로 거부했다.

민조 씨는 사납게 교장을 몰아붙였다.

"뭐가 문제인지 똑바로 말씀하세요. 전문의 소견은 무시하는 처사를 보고 있자니 불쾌합니다. 지금 문제가 되는 것이 무엇이지요?"

"일단 육성회의를 거쳐서……."

"아이 하나 전학시키는데 육성회의요? 대한민국 의무교육에 가장 기초가 되는 초등학교에서 아이의 전학을 거부한다고요? 겨우 여덟 살짜리 아이인데?"

"요즘 부모들이 극성이라서……."

"그게 무슨 상관입니까? 지금이라도 당장 허가를 내주시지 않는다면, 의사 소견을 첨부한 진단서와 함께 소송에 들어가겠습니다."

교장은 고개를 숙였다. 나는 민조 씨의 행동이 달갑게 느껴지지 않았다. 이렇게까지해서 꼭 지윤이를 학교에 보내야 하는 것인가 의문이 들었다. 당장이라도 입 밖으로 '민조 씨, 그만하세요. 그냥 나가요.'라고 말하고 싶었지만 차마 말을 할 수가 없었다. 지윤아빠와 상의 후 내린 결정이었기 때문이다. 그리고 이 상황은 분명 내가 헤쳐나가야 했다. 그이는 가족을 위해 열심히 일한다면, 나는 가족의 화합과 함께 식탁에 온 가족이 모이는 일을 책임져야 했다. 나는 그 일의 단계 중 하나를 지금 밟아가는 거라고 생각했다.

입씨름은 끝날 기미가 없었다. 아니, 민조 씨의 일방적인 공격에 교장은 계속 뒷걸음질을 치고 있었다. 민조 씨가 왜 이렇게 이 학교에 집착하는지 잘 알고 있다. 마지막으로 알아본 이 학교는 민조 씨의 아이가 다니고 있기도 했고, 남자선생님이 타 학교보다 월등히 적으며, 1학년을 맡고 있는 모든 선생님이 모두 여자라는 이유가 가장 크게 적용되었다. 딱 지윤이에게 필요한 학교라 민조 씨는 고집을 꺾지 않는 것이었다.

민조 씨는 쫓아가고, 교장은 도망가는 반복된 지루함이 이어졌다. 나는 용기를 내어 입을 열었다. 민조 씨에게 마냥 의지한 채 우리 가족의 일을 방관할 수 없었다. 점점 소리가 높아지는 민조 씨의 입을 내가 가로막았다.

"잠시만요."

민조 씨와 교장이 동시에 나를 바라보았다. 민조 씨는 초조한 모습이었고, 교장은 내가 포기라는 결론을 내려주길 바라보고 있었다.

"교장선생님, 아이 키우시죠?"

일단 내가 교장에게 시선을 두었다는 것에 민조 씨가 안도의 한숨을 내쉬었다. 민조 씨가 긴장이 풀린 눈으로 내 이야기를 경청했다. 내 말에 교장은 "네. 저도 부모입니다." 라고 대답했다.

"지금은 성인이 되고 결혼도 했겠지요?"

"네. 아들 둘은 벌써 결혼을 했고, 막내딸은 지금 유학 가 있습니다."

"잘 아시겠네요, 지금 저의 심정을. 겪어보지는 않았지만, 지금 제가 어떤 심정으로 이곳에 이렇게 앉아 두 분의 이야기를 듣고 있는지를."

교장은 말이 없었다. 고개를 숙인 교장은 빈 커피 잔을 들여다보았다. 교장의 명상 속에 나는 내 말을 집어넣으려 했다.

"지윤이, 다른 부모의 시선에는 어떻게 비춰질까……. 많은 생각을 했습니다. 사람들은 저를 못난 엄마로 치부해 버리기도 하겠지요? 그래요, 당연히 그럴 거예요. 그런데 말이죠. 그냥 똑같아요. 여덟 살 난 아이이고, 다른 부모들의 아이들과 같이 내 아이입니다. 저는 다른 부모들과 같은 많은 것을 바라지 않습니다. 그냥, 다른 아이들 속에 지윤이도 섞이길 원하고 있습니다. '누구의 아이, 어떤 일을 당한 아이'라는 편견만 사라지면 그걸로 족합니다. 그저 여느 아이들과 함께하는 것만 바랍니다. 그 꿈을 교장선생님께서 이루어주실 거라 믿습니다. 지윤이가 다른 아이들과 다르지 않다는 것을 교장선생님이 제게 가르쳐주실 거라고 굳게 믿습니다. 이해하실 거라 믿습니다. 아이를 키워보셨잖아요. 부모잖아요. 딸을 가진 아빠이시잖아요."

교장은 여전히 아무 말도 없었다. 우리는 차분하게 교장의 말을 기다렸다. 교장의 말을 우린 예상하고 있었다. 그렇기에 초조하지 않았다. 평온한 마음으로 교장의 입이 떨어지기만을 기다렸다.

"알겠습니다. 입학을 허가하겠습니다."

교장의 말이 떨어지고 나서야 비로소 민조 씨의 얼굴이 부드럽게 변했다. 민조 씨가 악수를 청했다.

"감사합니다. 그럼 지윤이가 준비되는 대로 바로 연락을 드리겠습니다. 어려운 결정에 감사드립니다. 결코 나쁜 결정이 아니라는 것을 아시게 될 거예요."

"아닙니다. 오히려 제가 감사드립니다. 초등학교에 근무한 지 벌써 30년입니다. 젊은 시절, 교육자라는 저의 신분에 굉장한 자부심이 있었습니다. 교육자는 노동자가 아니다, 그래서 노동절에 학교는 쉬지 않는다, 학원은 노동자로서 학생을 가르치지만 학교는 교육자로서 아이들의 인성교육을 가장 중점에 두고 있다, 이것이 제 철칙이었습니다.

정년을 앞두고 다시 한 번 저의 초심을 일깨워주셔서 진심으로 감사드립니다.”

교장이 고개를 숙였다. 이후 민조 씨는 지윤이의 자세한 상황을 설명하기 시작했다. 교장은 여러 가지 의견을 제시하며 함께 토론을 이어갔다.

지윤이와 함께 학교생활의 많은 이야기를 나누었다. 긴장하는 지윤이에게 나는 기대감과 용기를 갖도록 애를 썼다. 지윤이는 도라에몽의 편지에 거부감은 줄었지만 여전히 두려워했다. 민조 씨의 입담이 지윤이를 안심시키는 데 단단히 한몫하고 있었다. 오히려 나보다 민조 씨의 말이 지윤이에게 더욱 신뢰감을 주는 것 같았다. 나는 고작 “친구들이 지윤이를 좋아할 거야. 도라에몽도 그렇게 말했잖아. 걱정하지 마. 엄마가 있잖아.”라는 형식적이면서 감성이 메말라버린 이야기만 반복했으나, 민조 씨는 “지윤이가 학교에 가면 뭐가 가장 좋을까? 일단 자랑거리가 생기는 거야. 도라에몽과 친구라는 것을 자랑할 수 있어. 지윤이도 자랑하고 싶지? 그리고 또 뭐가 있지? 지윤이를 좋아하는 사람들이 더 많아지는 거. 지윤이는 예쁘잖아. 친구들은 지윤이와 친구 하고 싶어서 너도나도 다가올걸? 아줌마는 의사야. 의사는 세상을 다 알고 있는 사람이야."라는 지윤이에게 자극이 될 만한 이야기들과 상상의 나래를 펼칠 수 있는 말들을 연발했다. 굳은 믿음과 의지가 되어주는 말들도 빠뜨리지 않았다.

민조 씨를 보며 처음으로 의사라는 직업을 가졌더라면, 하는 생각을 했다. 그랬다면 지윤이가 조금 더 빠른 치유로 일찌감치 행복을 찾지는 않았을까?

지윤이의 두려움을 기대감으로 바꾸는 노력은 2주일 동안 계속되었다. 처음에는 잠까지 설치며 스트레스를 받는 것 같았다. 도라에몽에게 걱정스러운 마음을 담은 편지를 보내기도 하였다. 그때마다 지윤아빠는 여덟 살 나이에 걸맞은 해결책을 제시해주었다.

나는 소외된 느낌을 받기도 했다. 민조 씨의 뛰어난 말솜씨와 지윤아빠가 아이를 이해하는 마음 사이에서 과연 나는 무엇을 하고 있는지.

"지윤이에게 필요한 것은 친구야. 도라에몽도 친구지만, 다른 친구들도 필요해. 도라에몽에게 도라미와 다른 여러 친구들이 있듯이 말이야. 지윤이가 친구들이 많이 생기면 도라에몽도 기분이 좋을 것 같아. 그리고 도라에몽과 친구라고 지윤이가 다른 친구들에게 말해주면 정말 좋을 거 같아."

노력의 결실은 점차 지윤이를 두려움보다 기대감으로 충만하게 만들었다. 지윤이가 "꼭 학교 가야 돼?"라는 말에서 "학교 언제 가?"라는 말을 하게 된 것이다. 짧은 시간이라면 짧은 시간인 2주. 하지만 나에게는 불안의 연속이었던 하루하루였다. 스트레스를 받는 지윤이를 바라보는 나의 마음은 가시밭길을 걷는 것보다도 매서웠다.

드디어 지윤이가 학교에 가게 되다니…… . 다른 아이들처럼 엄마 손을 잡고 매일 아침 학교로 향한다니…… . 너무나 바라던 일이었지만, 그만큼 심적인 걱정도 커졌다. 잠을 쉽게 이루지 못하는 나날의 연속이다. 제발 많은 아이들이 지윤이를 환영해주길. 행복한 시간들만 찾아오길. 하늘이 우리 가족에게 평범이라는 행복을 선물해주길.

도라에몽의 가장 친한 친구 지윤이에게.

오늘, 학교 가는 날이네. 어땠는지 물어보고 싶어. 친구들은 많이 사귀었어? 선생님은 무섭지 않아? 괴롭히는 친구는? 친하게 지내자는 말은 많이 들었어? 도라에몽하

고 친구라고 자랑도 했지? 지윤이 소식이 궁금하다. 도라
에몽은 어제 잠을 못 잤어. 지윤이가 얼마나 많은 친구들
을 사귀고 재미있게 지낼지 무척 궁금했거든. 지윤이 편
지가 빨리 좋은 소식을 전해줬으면 좋겠다. 오늘 지윤이
가 학교에 8시에 간다고 해서 도라에몽도 7시 반부터 세
수하고 기다리고 있었어. 지윤이가 일어나는 시간에 함께
일어나서 마음으로 응원해주고 싶었거든. 잘하라고 마음
속으로 응원했는데 전달되었겠지? 그렇다고 믿고 있어.

각시에게 비밀로 한다고 약속하면 도라에몽이 아주 기
쁜 소식을 들려줄게. 내일, 지윤이가 친구들과 친해질 수
있도록 도라에몽이 직접 지윤이 친구들에게 찾아가서 아
이스크림을 사줄 거야. 아침에 가자마자 친구들에게 자랑
해야 해. 알겠지? 도라에몽이 온다고. 지윤이가 좋아하는
초코아이스크림을 사 간다고. 아주아주 큰 아이스크림을
사 갈 거니까 꼭 자랑해야 해. 빨리 각시가 와서 이 편지
를 지윤이에게 전해주었으면 좋겠다. 아이스크림이랑 도
라에몽을 보면 다른 친구들이 지윤이를 더 좋아할 거야.
선생님이 조금 무섭긴 하지만, 그래도 지윤이를 생각하고
용기 내볼게. 도라에몽은 다른 친구들하고 친하게 지내지

않을게. 도라에몽은 지윤이만의 가장 친한 친구니까. 빨리 내일이 왔으면 좋겠다. 지윤이가 많은 친구들과 재미있게 놀았으면 좋겠다.

오늘 멋쟁이 아저씨가 오기로 한 날이야. 아저씨는 지윤이 이야기를 많이 들어주고, 지윤이를 좋아해. 대신 아저씨가 오면 일이 많아져서 힘들어. 그래도 좋아. 지윤이 이야기를 마음껏 할 수 있거든. 지금 아저씨 올 시간이 되었어. 우리 내일 보자. 사랑해! 지윤아!

지윤이를 사랑하는 친구 도라에몽이.

지윤이가 도라에몽에게.

오늘 정말 즐거웠어. 친구들이 나를 보고 주위에 모여들지 뭐야. 내가 입은 옷도 예쁘다고 하고 신발도 예쁘대. 특히 도라에몽이 선물로 사준 책가방이 예쁘다고 했어. 마치 주인공이 된 기분이었어. 사실 오늘 배에 달린 주머니를 감추고 싶어서 하루 종일 엄마랑 싸웠어. 엄마는 안 보인다고 하는데 내가 보기엔 배가 불룩했거든. 다행히 친구들이 주머니를 보고 아무 말도 안 했어. 엄마가 집에서 가르쳐준 내용들을 선생님이 알려주시는데 나한테 발

표를 해보라고 시켰어. 엄마가 알려준 대로 이야기를 했는데 칭찬도 받았어. 기분이 정말 좋아. 친구들은 내 전화번호를 물어보기도 했어. 학원을 같이 다니자고도 하고, 집에 놀러 오라고도 했어. 아! 내가 친구에게 도라에몽과 친구라고 이야기하니까 진짜냐고 물어보더니 거짓말하지 말라고 해서 조금 기분이 상했었어. 내일 도라에몽이 지윤이가 좋아하는 아이스크림을 사가지고 친구들에게 온다니 기뻐. 도라에몽이 직접 와서 나랑 친구라고 이야기해주면 친구들도 믿을 거야. 내일 학교에서 도라에몽을 만날 생각을 하니 벌써 기뻐. 선생님도 좋아할 거야. 지윤이에게 친절하게 해주거든.

그런데 학교 끝나고 나니까 다른 아이들 엄마가 나를 이상하게 쳐다봤어. 인상을 찌푸리고 나를 바라보는데 조금 무서웠어. 엄마가 나를 빨리 데려가지 않았다면 다른 친구들 엄마가 나를 혼냈을지도 몰라. 내일은 다른 친구들보다 먼저 집에 가고 싶어질 거 같아. 친구 엄마들이 나를 싫어하는 거 같거든. 혹시 내 배에 달린 주머니를 본건 아니겠지?

조금 걱정이 되기도 해. 그래도 괜찮아. 도라에몽이 내일 오면 친구 엄마들도 나를 좋아할 거야. 도라에몽이 내 친구라는 걸 알면 모두가 좋아할 거야.

내일 일찍 와야 돼. 내가 친구들한테 이야기할게. 정말 재미있는 날이 될 거 같아. 나 학교 가야 하니까 오늘 일찍 잘게. 보고 싶어. 도라에몽!

도라에몽이 가장 좋아하는 친구 지윤이가.

내가 제일 사랑하는 지윤엄마에게.

각시야, 오늘 지윤이가 학교에 가는 날이지? 나는 지금 잠이 안 와. 그래서 TV를 보고 있었어. 이리저리 채널을 돌리는데 낯익은 영화가 눈에 들어왔어. 〈메디슨 카운티의 다리〉였어. 각시랑 본 기억이 있는 영화라서 계속 뚫어져라 화면을 응시했어. 아줌마랑 할아버지가 나오는 영화인데 짜증스러운 장면들 때문에 채널을 돌려버릴까 생각도 했어. 그런데 리모컨을 돌리지 못하겠지 뭐야. 할아버지와 아줌마가 각시와 나 같이 사랑하는 내용인데 이 영화를 보니 자꾸 눈물이 나. 왜 그런 걸까? 계속 눈물이 나와서 각시한테 전화할 뻔했어. 지윤이가 자고 있지 않았으면 전화해서 각시한테 왜 내가 눈물을 흘리는지 물어봤을 거야.

각시야, 각시랑 내가 결혼을 했잖아. 그래서 지윤이가 태어났잖아. 나는 각시를 사랑하고 지윤이도 사랑해. 그런데 이상하게도 매일 지윤이만 생각했어. 나는 지윤이랑 각시를 똑같이 사랑하는데 말이야.

오늘은 각시 생각만 하면서 편지를 쓸 거야. 나는 지윤 아빠지만 오늘은 지윤엄마의 남편이 되고 싶어졌어.

영화를 보다 갑자기 가슴이 두근거렸어. 프란체스카가 말하는 장면이었어.

"누군가와 가정을 이루고 자식을 낳기로 결정한 순간, 어떤 면에선 사랑이 시작된다고 믿지만, 어떤 면에선 사랑이 멈추는 때이기도 해요."

왜 이 말에 각시 생각을 하며 펑펑 울었을까? 이유를 설명해달라 말하고 싶은데 왠지 내가 잘못한 이야기들이 나올까 봐 묻고 싶지가 않아.

또 다른 대사에서도 가슴이 아파왔어. 아무래도 각시에게 하고 싶은 말을 프란체스카가 대신해서 많이 해주고 있는 거 같아.

"그가 내 의식 속에 있지 않을 때도 나는 어디선가 그를 느낄 수 있었고 그는 언제나 그 자리에 있었지."

이 말을 듣는 순간 당장 각시에게 달려가고 싶었어. 각시야, 나는 각시를 사랑해. 그래서 지윤이도 사랑하는 거야. 각시를 너무 사랑하는데 왜 지윤이처럼 내 머리에 각시가 들어와 있지 않았던 거지? 아까 쓴 거 같은데 이 대사를 생각하니 다시 묻고 싶어져.

갑자기 생각난 건데 어떻게 써야 할지 잘 모르겠어. 그래도 정리해볼게.

지윤이는 시집을 갈 거야. 각시는 내 옆에 평생 있을 테고. 그런 거라 생각해. 항상 각시는 내 옆에 있을 거니까. 어쩌면 지윤이가 각시보다 나와 함께 살 수 있는 시간이 더 짧아서 그런 건 아닐까? 그런 거 있잖아. 과자랑 아이스크림이 있으면 아이스크림을 먼저 먹잖아. 과자는 그대로 있지만, 아이스크림은 녹아버리니까. 그거랑 비슷한 거 아닐까? 내 말이 맞지?

프란체스카가 한 말처럼 의식 속에 각시가 있지 않아도 나는 각시를 느끼고, 각시가 그 자리에 계속 있기에 그런 건 아닐까? 근데 이거 맞는 표현인가? 잘은 모르겠지만 비슷하다고 느껴.

각시야, 나는 항상 각시를 사랑해. 내 머리가 잊고 있어도 가슴은 언제나 각시를 생각하고 있을 거야.

지윤엄마의 남편 지윤아빠가.

내 남편 지윤아빠에게.

오늘 많은 일이 있었어. 하지만 당신이 나만을 위한 편지를 썼으니까 나 역시 당신만을 위한 편지를 써보려고 해.

〈메디슨 카운티의 다리〉, 이 영화가 영화 채널에 나왔어? 꽤 오래된 영화인데…… 그 영화를 봤던 날 아주 재미있는 일이 있었어.

그날은 우리가 처음으로 헤어질 뻔했던 날이거든. 기억날지 모르지만…….

더운 여름이었어. 당신은 나를 기다리고 있었고 나는 약속 장소를 헷갈렸지. 덕분에 정반대편에 도착한 나는 다시 당신을 만나려 버스를 탔어. 당신은 세 시간이 넘도록 그 자리에 서 있었어. 내가 호출기 음성으로 어디 들어가 있으라고 이야기했지만 당신은 얼마나 늦는지 두고 보자는 심보로 끝까지 그 자리에서 움직이지 않았지. 내가 버스에서 내려 정신없이 당신에게 달려갔지만, 당신은 버력 화부터 냈어. 왜 그렇게 늦었냐며, 날도 더운데 사람 기다리게 만드느냐는 핀잔을 다짜고짜 퍼부었어. 당신 그때 실수한 거야. 여자의 자존심을 건드렸으니까. 당신은 분명 잘못했다고, 약속 장소를 잘못 알아들었다고 이야기하길 바랐지만, 나는 아무 변명도 없이 다시 버스를 타고 집으로 가버렸어. 연신 울려대는 호출기 소리에도 나는 꿋꿋이 집으로 들어가 연락조차 하지 않았지. 나 정말 당신하고 헤어질 생각 했었거든. 그렇게 화내는 당신을 이해할 수 없었어. 나 역시 고생해서 조마조마한 마음으로 뛰어왔는데 당신 입장에서만 말을 하니까, 정말 이 사람 만나야 하는지 의문이 들었어.

그런데 당신, 날도 더운 오후 3시경 우리 집 앞에서 무릎을 꿇고 두 시간 동안 싹싹 빌었지. 내가 나오지 않는데도, 꿈쩍 않고 용서를 구했어. 당신을 용서하고 싶어서 나간 건 아니었어. 동네 사람들이 그 모습을 보면 어쩌나 하고 안절부절못하던 엄마가 억지로 나를 내보냈거든. 그런데 땀에 흠뻑 젖어 거의 탈진 직전까지 간 당신을 보고 마음이 흔들려버렸어. 처음으로 우리 집에 당신이 들어왔던 날이기도 하고, 당신이 우리 엄마와 첫 대면을 했던 날이기도 해. 엄마에게 인사도 하기 전에 물을 벌컥 들이켜던 당신. 인사는 하는 둥 마는 둥 하더니 몸이 찝찝하다며 샤워를 하러 들어가는 당신을 보며 엄마와 나는 어안이 벙벙해져 서로를 바라보았지. 시원하게 샤워를 마친 당신은 그제야 엄마에게 오늘의 일을 정중히 사과했고 나에게 용서를 구했어.

바로 이 날이야. 당신과 내가 〈메디슨 카운티의 다리〉를 본 날은.

넉살 좋게도 저녁까지 얻어먹은 당신을 바래다주기 위해 함께 길을 나섰어. 그때, 당신이 이미 끝나버린 영화표를 주머니에서 꺼내며 말했어.

"이 영화 꼭 보고 싶었다고 했지? 시간은 지났지만, 볼 수 있는 방법이 있는데."

나는 무슨 뜻인지 몰라 당신을 바라보았어. 당신은 나를 데리고 근처 영화관으로 향했지. 극장은 사람들로 넘쳐났어. 당신은 나를 데리고 태연하게 사람들과 나란히 줄을 섰어. 극장표를 확인하는 매표소 직원에게 당신이 말했지.

"이 영화표가 여기 극장 것이 맞나요?"

매표소 직원은 영화표를 건네받고는 아니라며 다시 표를 건네주었어. 당신은 태연하게 연기를 하기 시작했지.

"아! 이거 어쩌지? 다시 여기에서 끊어야 하나?"

매표소 직원은 표를 다시 끊어야 한다고 말했어. 당신은 웃음을 보이며 말했지.

"제가 지금 가진 돈이라고는 차비 빼고 3천 원이 전부입니다. 학생 부부라 돈이 많지 않거든요."

당신이 나를 바라보며 능청스럽게 말했어.

"자기가 보고 싶어 하던 영화니까 일단 혼자 보고 와. 나는 앞에서 기다릴게."

순간 얼굴이 화끈거렸어. 창피해 죽을 거 같았거든. 그런데 나도 모르게 당신의 진지한 연기에 동참하게 되어버렸어.

"나 혼자? 그럼 자기는 정말 밖에서 기다리게?"

"그래야지. 같이 보고 싶은데 어떻게 하겠어. 미안해. 여기서 기다릴게."

우리의 그럴싸한 연기에 매표소 직원이 가지 말고 잠시 한쪽에 물러서 있으라 했지. 사람들을 모두 들여보낸 직원은 우리를 측은하게 바라보았어.

"그냥 들어가세요. 뒷자리 조금 남아 있으니까."

우리는 넙죽 인사를 하고 함께 들어가 영화를 보았어. 광고가 나오는 도중에 내가 물어봤어. 만약 매표소 직원이 딱 잘라서 거절했으면 어쩌려고 했냐고. 당신은 천덕꾸러기 같은 표정을 지어 보였어.

"확률은 100퍼센트야. 매표소 직원이 거절했으면 계속 주위를 서성거렸겠지. 그럼 영화를 보러 온 손님들 중에서 우리에게 표를 끊어주는 사람이 분명 있었을 거야. 봐봐. 영화관을 가득 채우고 있는 사람들을. 이 사람들이 우리에게 표를 끊어줄 확률은 거의 100퍼센트야. 사람 사는 곳이라면 어디든 도움을 받을 수 있을 거야. 게다가 이 영화는 많은 사람이 보는 영화이니 확률이 더욱 높은 거지. 나는 사람을 믿어."

당신의 어이없는 계산법에 한 번 놀라고, 그 뻔뻔함에 두 번 놀랐던 날이었어. 하지만 그 뻔뻔함과 어이없는 계산법은 당신의 다른 면을 알려주었어. 긍정적인 사람이라는 확신, 그것을 나에게 보여주고 있었지.

당신이 눈물을 흘린 이유? 아직 우리가 사랑하기 때문이야. 나에 대한 미안함이 남아 있기 때문이야. 나는 당신을 혼내지 않아. 나나 당신이나 서로를 혼낼 수 있는 자격을 부여받지 못한 사람들이야. 우리에게는 응원과 위로를 함께할 권리가 주어졌거든. 지금 내가 하는 말 잊지 말았으면 해. 응원과 위로 만이 허용된 사람들, 바로 가족이니까.

영화는 그때 당시 수많은 파장을 불러일으켰어. 나 역시 조금은 불쾌했으니까. 그나마 마음에 들었던 부분은 진정한 사랑을 해본 자에게서 나올 수 있는 멋진 대화들이었지. 이 이야기가 실화라는 것이 더욱 불쾌하기도, 짠하기도 했던 영화야.

"이렇게 확실한 감정은 일생에 오직 한 번만 오는 것이오."

기억나? 영화 자막이 올라가고 당신은 투덜거리며 나에게 말했어.

"건질 게 별로 없는 영화네. 주인공들은 불륜을 사랑이라 생각하고. 아줌마들이 보기에 딱 좋은 영화인 것 같아. 하지만 자기에게 말하고 싶은 대사 하나가 있었어."

"나도 있었는데."

"같이 말해볼까?"

우리는 서로 눈빛을 교환하며 동시에 말했어.

"이렇게 확실한 감정은 일생에 오직 한 번만 오는 것이오."

우리 감정의 확신, 앞으로도 변하지 않을 거야.

오직 한 번만 오는 본능의 감정, 우리는 그것을 느꼈기 때문에 지금까지 함께하고 있는 거야. 그리고 너무 오래되어 기억하지 못한다고 해서 이 감정들이 사라지는 것은 아니야.

당신 말이 맞아. 아이스크림을 먼저 먹어야 하기에 과자를 생각하지 못하는 거야. 그렇다고 과자가 사라지는 것은 아니잖아.

우리, 지금은 아이스크림이 녹기 전에 먼저 먹어야 할 때야. 과자를 먼저 먹어야 할까 생각하는 순간, 아이스크림은 녹아 땅바닥으로 흘러내릴 거야.

과자는 잠시 생각하지 말자. 지금은 아이스크림만 생각하자. 그것에 서운해하거나 혼란스러워하지 말자. 우리가 변하지 않는다는 것만 확신한다면, 과자가 어디에 있는지만 기억한다면, 언젠가 그 과자를 먹을 수 있잖아. 그러니 지금은 기억하는 것으로 만족하자. 그렇다고 변하는 건 아니잖아. 과자는 아직 유통기한이 남았잖아.

언제나 내 곁에 있어줄 지윤아빠에게.

9화. 희망의 날개를 찾아서

　지윤엄마와 지윤이가 차를 타고 아파트 주차장을 빠져 나왔다. 지윤이는 핑크색 도라에몽 책가방을 무릎 위에 올려놓았다. 그녀가 운전 도중 고개를 돌려 가방의 도라에몽을 어루만지는 지윤이를 바라보았다.

　"도라에몽이 그렇게 좋아?"

　"응, 좋아. 도라에몽은 내 친구니까. 가장 소중한 친구야."

　"그래. 오늘 친구들하고 사이좋게 지내야 돼. 그래야 도라에몽도 좋아하지."

　학교 근처에 다다르자 차가 붐볐다. 요새 들어 운동장은 등하굣길 학부모들의 주차장이 되어버렸다. 뉴스에 보도되는 아동 범죄들이 심리적으로 불안감을 안겨주었기 때문이다. 학교에 들어서면서 지윤엄마의 표정이 굳어졌다. 지윤이와 자신을 바라보는 시선이 곱지 않다는 것을 쉽게 알 수 있었다. 지윤이 교실과 가장 가까운 곳에 차를 주차한 그녀가 차에서 내렸다. 지윤이 손을 잡고 복도를 걸어 들어갔다. 교실에 거의 다다랐을 때였다. 그녀는 왠지 모를 기분에 가슴이 털컥 내려앉았다. 지윤이가 교실 안으로 들어가려 했다. 그녀가 지윤이 손을 놓지 않고 몇 걸음 더 앞으로 걸어갔다. 그녀는 도둑처럼 창문으로 교실 안을 들여다보았다. 여러 학부모들이 교실 뒷자리에 앉아 있었다. 그녀는 어떠한 일이 일어나고 있는지를 직감했다.

"지윤아, 우리 잠시 차 안에 있을까?"

지윤엄마가 미소를 보이며 말했다. 지윤이의 눈빛이 흔들리고 있었다. 표정과는 다르게 그녀의 손이 부들부들 떨려왔기 때문이다. 그녀가 지윤이의 손을 힘차게 쥐었다.

"엄마……."

떨림은 쉽사리 멈추지 않았다. 지윤이가 불안한 모습으로 엄마를 불렀다. 그녀는 생각 없이 재빠르게 말을 내뱉었다. 지금 이 자리는 너무 위험했다. 당장 벗어나야 했다.

"잠시 나가 있자. 아니, 오늘은 지윤이가 좋아하는 아이스크림 먹으러 가자."

어찌된 영문인지 지윤엄마가 울먹이기 시작했다. 처음으로 지윤이 앞에서 눈물을 보였다. 그동안 잘 참아왔는데 결국 이렇게 무너져버리고 말았다. 눈물의 이유는 간단했다. 좌절, 그것이었다. 다른 아이들과 지윤이가 섞일 수 있다는 희망은 처참하게 난도질당했다. 그녀는 지금 두 눈으로 잔혹한 현실을 목격하고 있었다. 그녀가 인정하고, 지윤아빠가 인정한다 하더라도 타인들은 이 가족을 인정하지 않을 것이다. 절대로 이들 가족에게 평범한 일상은 허락되지 않을 것이다. 그녀는 어느 곳에도 속하지 못하는 우리 가족을 뼈저리게 느끼고 있었다. 냉혹함을 넘어선 잔인함이 그녀에게 좌절을 선물했다. 타인들은 이들 가족의 희망을 철저하게 무시했다. 그녀가 무릎을 꿇고 앉았다. 그리고 두 눈을 크게 뜨고 지윤이를 바라보았다. 눈을 껌뻑일 수도 없었다. 조금이라도 지윤이에게서 시선을 돌리거나 눈꺼풀이 움직이면 눈물이 와락 뺨을 타고 흘러내릴 터였다.

"지윤아……. 엄마가 오늘은 우리 지윤이 학교 보내기 싫어서 그래. 엄마가 심심해서 그래. 그러니까 오늘은 엄마랑 놀아줘."

결국, 눈물이 지윤엄마의 뺨을 타고 흘러내렸다. 그렇게 참고 참았지만, 껌벅이지도 않고, 시선을 돌리지도 않은 상태에서 흘러내릴 수 있는 많은 양의 눈물이 두 눈에 가득 찼다. 시선을 돌리려 했지만 두 눈은 굳어버린 듯 지윤이에게 정지해 있었다. 그녀가 입을 살짝 벌렸다. 무슨 말을 해야 하는데 아무런 말도 떠오르지 않았다. 그저 눈물이 흘러내리지 않게 참아내는 것이 유일한 방법이었다.

떨어진 눈물이 뺨을 타고 흘러내리다 입술로 향했다. 입술을 막아버린 눈물은 지윤엄마의 말을 아예 막아버렸다. 이제 입은 벙어리가 되어버린 것이다. 무슨 말을 꺼내기도 전에 흐느낌이 터져나올 거라는 것을 잘 알고 있었기에.

막막한 순간, 지윤이가 천천히 엄마에게 손을 가져갔다. 작고 따뜻한 손이 그녀의 입에서 볼로, 볼에서 눈으로 향했다. 눈물은 계속 나오건만, 그녀의 입꼬리는 조금씩 올라갔다. 그녀의 눈물과 지윤이의 작은 손이 서로에게 무언가를 전달했다. 그녀가 아주 작은 목소리로 말했다.

"됐다. 이겨냈……다."

아무도 알아듣지 못하는, 자신만이 알아들을 수 있는 목소리였다.

"울지 마, 엄마."

지윤이가 작은 손바닥으로 엄마의 눈을 비벼댔다. 감상에 젖어 있을 여유가 없었다. 당장이라도 일어나야 했다. 눈물로 막혀버린 입술을 억지로 떼어보았다. 흐느낌을 참으려 어금니를 꽉 깨물었다.

"지윤아, 일단 나가자. 엄마랑 아이스크림 먹자."

"안 돼. 도라에몽이랑 약속했어."

"아니야, 괜찮아. 오늘은 그냥 가자. 도라에몽 보러 갈까?"

지윤이가 아무 말 없이 웃음을 보였다. 작은 손바닥은 여전히 엄마의 눈을 비비고 있었다. 그동안과는 전혀 다른 모녀의 모습. 그녀는 자신도 모르게 눈을 감았다. 느끼고 싶었다. 지금 이 순간을 기억하고 싶었다. 기억력으로 평생 기억할 수 없을 것 같아 가슴에 새겨 넣으려 했다. 하지만 이 아름다운 행위는 오래가지 않았다. 어느 학부모가 교실 문을 열고 복도로 나왔기 때문이다.

"어? 와 있었네? 여기들! 지윤이랑 지윤이 엄마 와 있었네요."

통통하고 성깔 있어 보이는 학부모가 앙칼지게 소리쳤다. 지윤엄마는 다급해졌다. 지윤이를 지켜야 한다는 모성이 해일같이 밀려들었다. 그녀의 손이 재빨리 지윤이를 껴안았다.

학부모들은 기다렸다는 듯이 앞문과 뒷문에서 우르르 몰려나왔다.

"지윤이 엄마 맞네. 잠시 우리 얘기 좀 해요."

대표로 보이는 학부모가 지윤엄마에게 다가왔다. 위험을 감지한 것일까? 지윤이는 그녀를 꼭 껴안았다.

"무슨…… 말씀을 하시려는지……."

아주 낮은 목소리. 자신감이라고는 전혀 묻어 나오지 않는 목소리. 그녀는 다가오는 학부모를 겁먹은 아이처럼 올려다보았다.

"일단 교실에서 이야기해요. 다른 반에 피해 주기 싫으니까."

"다음에 이야기하시면 안 될까요? 저희 지금 가봐야 하는데……."

지윤엄마가 주위를 두리번거리더니 일어섰다. 그녀는 자리를 피하려 급하게 걸음을 옮기려 했다.

"우리가 시간이 남아돌아서 이렇게 찾아온 줄 아세요?"

한 학부모가 지윤엄마의 어깨를 잡았다.

"손대지 마!"

지윤엄마가 두 눈을 질끈 감고 소리쳤다. 지윤엄마의 절규가 복도에 쩌렁쩌렁하게 메아리쳤다. 급하게 교실로 들어가던 아이들도, 교실을 찾아가던 선생님들도 모두가 그녀를 주목했다. 지윤이를 꼭 껴안은 그녀가 눈을 뜨고 자신의 어깨를 잡은 학부모를 노려보았다.

"내 몸에 손대지 마. 지윤이에게 손대지 마. 내가 들어갈 테니까."

흠칫 놀란 학부모는 서둘러 그녀의 어깨에서 손을 거두었다. 지윤이를 번쩍 안은 그녀가 성큼성큼 교실 안으로 들어갔다. 담담한 모습이었지만 지윤이는 여전히 그녀의 심장소리를 느끼고 있었다. 쉴 새 없이 쿵쾅거리는 엄마의 심장. 지윤이가 손톱을 입에 물었다. 걸음을 옮기던 그녀가 지윤이 귀에 나지막하게 속삭였다.

"지윤아, 사랑해요. 우리 공주님. 엄마가 많이 사랑해요. 지윤이는 엄마 사랑해?"

지윤엄마에게는 용기가 필요했다. 학부모들이 어떠한 맹공격을 퍼부을지 너무도 잘 알고 있었다. 지윤이는 생각을 거치지 않고 말했다. 지윤이는 엄마가 어떠한 대답을 원하고 있는지 느끼고 있었다. 또 지금 상황에서 자신의 말이 엄마에게 어떠한 의미인지도 아는 듯했다.

"응, 사랑해. 엄마."

지윤엄마가 지윤이 볼에 입맞춤을 했다. 앉아 있던 학부모들이 일제히 일어났다. 교실 한쪽에서 엄마들의 눈치를 보며 모여 있던 아이들이 지윤이를 보고는 겁에 질린 표정을 보였다.

지윤엄마가 지윤이를 안은 채 맹수들처럼 사나운 눈들 사이로 걸어갔다. 누구 하나 먼저 말을 꺼내지 않았다. 조금 전 그녀에게 다가온 학부모가 마지막으로 들어왔다. 그녀와 마주 앉은 학부모는 눈썹을 치켜세우고 말했다.

"정상적이지 않은 아이를 왜 학교에 보내세요? 부끄럽지도 않으세요? 나 같으면 절대 이렇게 당당하게 행동 못할 것 같은데."

감정 섞인 목소리의 학부모와는 다르게 지윤엄마가 침착하게 말했다.

"아이 있는데 말씀을 조금 삼가주시죠."

학부모는 기가 찬다는 모습으로 허공을 한번 바라보더니 매섭게 지윤엄마를 쏘아보며 입을 열었다.

"장애학교에 보내든지 하셔야죠. 정신적으로나 육체적으로 정상이 아니잖아요. 어제 우리 아이 반에 지윤이가 전학 왔다는 소리에 얼마나 소름 끼치던지……."

지윤엄마가 학부모의 말을 단번에 잘랐다.

"그따위로 말하지 마. 내 딸이야. 내 아이고, 내 하나뿐인 피붙이야. 내 배에서 낳은 자식이고 소중한 선물이야. 당신 따위가 입에 올릴 아이가 아니라고. 한 번만 더 지껄여봐. 한 번만 더 지윤이 귀에 당신 목소리 들리기만 해봐. 용서하지 않을 거야. 절대, 용서하지 않을 거야."

지윤엄마의 목소리는 점차 작아졌다. 학부모들은 오히려 그녀의 작아지는 목소리에 오싹함을 느꼈다. 말을 내뱉던 학부모는 벙어리가 되었다. 교실 안에 정적이 흘렀다. 그럴수록 그녀는 더욱 힘차게 지윤이를 껴안았다. 지윤이 역시 그녀의 목덜미를 힘차게 안아 쥐었다. 그녀는 학부모들을 매섭게 노려보았다. 학부모들은 재빨리 눈을 피했다. 그녀의 눈은 눈물을 머금은 채 살기를 강하게 보이고 있었다. 강한 눈이었다. 하지만 그녀의 눈을 조금만 더 바라본다면 잔뜩 겁을 먹고 있다는 것을 쉽게 알 수 있었다.

정적이 공기마저 차갑게 바꿔버리는 순간, 소식을 듣고

온 교장과 담임교사가 앞문을 열고 들어왔다. 학부모들은 지원군이 온 것처럼 환호했다. 교장이 뒷자리에 자리 잡고 있는 학부모와 지윤엄마의 무리로 급하게 발걸음을 옮겼다.

"도대체 이게 무슨 일입니까. 학부형들께서 왜 와 계시는 겁니까?"

안절부절못하는 교장의 목소리가 기어들어갔다. 지윤엄마를 공격하던 학부모가 교장에게 말했다.

"이런 아이를 전학시킬 때에는 우리 학부형들에게 미리 허락을 받아야 하는 것 아닌가요? 교장선생님은 도대체 뭘 하고 계셨어요? 우리 아이들의 안전과 인성은 생각도 하지 않으세요?"

"정신과 전문의의 진단이 있었습니다. 그래서 입학을 허가했습니다."

"이건 직무유기예요! 정신과 진단? 그럼 이 아이의 몸 상태는요? 지금 이 아이가 정상이라 생각하세요? 장애인이라고요! 그것도 성적 장애를 입은 아이라고요! 우리 아이들이 입을 정신적 충격은 생각도 하지 않으세요?"

학부모의 말에 지윤엄마가 인상을 찌푸렸다. 약한 모습을 보이기 싫어서였다. 눈물을 참아내기 위해서였다. 절대

굴복하지 않는다는 강인함을 보이기 위해서였다. 하지만 온 신경이 눈으로 향했다. 얼굴로 향했다. 입술로 향했다. 결국 눈물이 떨어지고, 얼굴은 나약함으로 일그러졌다. 입술은 파르르 떨려왔다.

기억하기 싫은, 꿈에서조차 나타나지 않았으면 했던 악몽을 타인들이 다시 되살리고 있었다. 지윤이의 몸이 부들부들 떨려왔다. 지윤엄마가 자리에서 일어났다. 지금 이곳에서 도망치는 것만이 최선의 선택이라 생각했다. 쏟아지는 총알들을 피해 정신없이 달아나는 사람처럼 재빨리 몸을 돌렸다. 교장을 지나고 담임교사를 지나쳐 앞문을 벗어나려 할 때였다. 그녀의 몸이 굳어버렸다. 심장이 철렁 소리를 내며 주저앉았다. 아차! 하는 마음과 함께 모든 노력이 사라져버렸다는 좌절이 그녀를 삼켰다. 슬픔은 사라졌다. 원망도, 분노도 사라졌다. 지금까지의 걱정들은 아무것도 아니었다. 지윤이가 고개를 돌려 그녀가 바라보는 곳으로 시선을 돌렸다. 지윤이는 그녀와 다르게 활짝 웃음을 보였다.

"도라에몽……이다."

도라에몽은 지윤엄마가 교실 복도에서 다른 학부모들에

게 처참하게 당하는 장면을 생생하게 목격하고 있었다. 그녀가 교실 안으로 들어가자 눈치를 살피려 창밖을 서성거리다 자신도 모르게 교실 안으로 들어와버린 것이다. 도라에몽의 손에는 아이스크림이 한가득 들려 있었다. 도라에몽은 멍하니 지윤엄마를 바라보다 시선을 돌려 한쪽 귀퉁이에 모여 있는 사나운 맹수들을 바라보고 있었다. 지윤이가 그녀의 품에서 벗어나려 했다.

"도라에몽이 왔어. 약속대로 아이스크림을 사 왔어."

지윤이가 도라에몽을 향해 손을 뻗었다. 지윤이는 구세주를 만난 기분이었다. 지윤이는 아이스크림이, 도라에몽이 이 무서운 분위기를 밝게 만들 수 있다 믿었다. 지윤이는 계속 엄마의 품에서 벗어나려 바동거렸다. 아이스크림과 도라에몽을 간절하게 바랐다. 이 바동거림은 절박함 자체였다. 지윤이는 도라에몽과 아이스크림만 있다면 모든 사람이 자신과 웃을 수 있다는 기대를 안고 있는 것이다. 여덟 살 아이이지만, 불가능하다는 것을 머리가, 지금까지의 분위기가 말해주고 있었다. 하지만 순수함을 지닌 여덟 살이라는 특권이 머리의 생각 따위는 부정하게 만들었다.

지윤엄마가 처절하게 몸부림치는 지윤이를 벗어나지 못

하게 강한 팔 힘으로 제압했다. 그녀도 알고 있었다. 지윤이가 왜 이렇게 바동거리는지. 어쩔 수 없었다. 마지막 동심을 깨버릴 수 없었기 때문이다. 아이스크림과 도라에몽으로도 벗어날 수 없는 지옥이라는 것을 깨닫게 하기가 죽기보다 싫었다. 순수에 배신당한 지윤이가 얼마나 상처를 받을지 너무 잘 알고 있었다. 눈앞에 선명하게 그려지고 있었다. 지윤이를 품 안에서 놓아버린다면, 지윤이는 분명 반갑게 도라에몽에게 다가가 손을 잡고 아무것도 모르는 표정으로 맹수들에게 향할 것이다. '이거 드세요.' 예의 있고 애교 있는 목소리로 해맑게 웃으면서. 맹수들은 그런 지윤이를 노려볼 것이다. 최악의 경우 욕설과 함께 아이스크림을 바닥에 던져버릴 수도 있다. 지윤이는 그래도 웃을 것이다. 워낙 애교 있는 아이니까. 워낙 착하고 순수한 아이니까. 어떻게 해서든 아이스크림과 도라에몽이 맹수들을 잠재울 수 있다 믿을 테니까. 아니라는 것을 알고 있어도 던져진 아이스크림을 주워 작은 손으로 맹수들에게 다시 건넬 테니까. 울상이 된 얼굴로, 눈물 가득한 두 눈으로 여전히 애교 있는 웃음을 보이며 맹수들을 달래려 할 테니까. 하지만 여전히 싸늘한 맹수들 앞에서 어느 순간 지윤이는 죄인이 되어버릴 것이다. 고개를 숙이고 맹수들의 심판을 기다릴 것이다. 면죄부를 달라 애원하지만, 그들의 심판은 잔혹함뿐일 것이다.

지윤엄마는 상상만으로도 오금이 저리고 치가 떨렸다. 순수, 그것만은 어떻게 해서든 지켜주고 싶었다. 도라에몽이 지윤엄마와 맹수들을 번갈아 보다 천천히 지윤이에게 다가왔다. 갈등이 생겼는지 잠시 멈칫하다 다시 발걸음을 향하길 여러 번 했다.

그의 걸음은 무거웠다. 천근의 무게가 도라에몽의 발을 붙잡고 있는 듯했다. 몇 번을 머뭇거리던 도라에몽은 아이스크림이 든 큰 봉지를 지윤이에게 보여줬다.

"아이스크림 사 왔어."

헬륨가스를 얼마나 마셨는지 목소리가 심하게 가냘팠다.

"이건 또 뭐야? 아이고, 학교가 아니라 완전 놀이동산이네."

거친 막말을 내뱉던 학부모가 이마에 손을 가져갔다. 도라에몽이 학부모를 바라보았다. 도라에몽의 가냘프면서 떨리는 목소리가 그녀를 향했다.

"지윤이가 아파요. 그런데 다 나았어요. 민조가 지윤이도 학교에 가도 된다고 했어요. 친구들도 지윤이를 좋아해요."

"뭐하자는 거야? 지금 여기가 지윤이 하나만을 위한 학교예요? 개념이 있는 거야, 없는 거야? 교장선생님, 당장 전학 취소해주세요. 저 집안사람들 좀 보세요. 저게 정상인가요? 자식 하나 지키지 못한 사람들이 지금 여기에서 무슨 할 말이 있다고 이러고 있는 겁니까! 정식으로 서명서 제출하겠습니다. 절대 지윤이 받아들일 수 없어요. 절대로 안 됩니다!"

학부모들이 수군거리기 시작했다. 학부모들은 점점 각자의 목소리를 높이기 시작했다. 도라에몽이 학부모들을 향해 이리저리 시선을 돌렸다.

"아직은 학교에 보내면 안 되지."

"애 생각하는 부모 맞아? 정말 잔인하네."

"저렇게 아이를 학대하니 저 모양이 됐지."

"저건 명백한 장애야. 저런 아이가 어떻게 학교에 다녀요?"

"우리도 우리 아이들을 지킬 의무가 있어."

"여러분, 우리 등교거부에 동참합시다!"

공격과 의견들이 난무하는 가운에 도라에몽이 중얼거렸다.

"왜 안 된다는 겁니까, 우리 지윤이가 왜 안 된다는 겁니까?"

시끄러운 소리에 몇몇 사람만 도라에몽의 말을 알아들었다. 그의 목소리를 알아들은 한 학부모가 당당하게 대답했다.

"우리 아이들과 다르니까요."

목소리를 낸 학부모가 도라에몽을 노려보았다. 지윤엄마와는 또 다른 모성으로 강하게 항변하는 것이었다. 시장통 같았던 분위기가 일순간 도라에몽과 대치하는 학부모에게 주목되면서 잠잠해졌다. 도라에몽은 여전히 가냘픈 목소리로 말했다. 가녀린 목소리 뒤에 숨겨진 진심은 진지하고 애절했다.

"우리 지윤이가 잘못한 게 뭡니까. 우리가 당신들에게 잘못한 게 도대체 뭡니까? 내가, 지윤엄마가 당신들에게 무슨 잘못을 했습니까? 우리 지윤이가 당신들 아이들에게 잘못한 게 있습니까?"

"그런 험한 일을 당한 게 우리에게 잘못한 겁니다. 아시겠어요?"

도라에몽과 대치하던 학부모의 입에서 말도 안 되는 논리를 적용한 대답이 터져 나왔다. 지윤엄마는 도라에몽을 멍하니 바라보았다. 그녀의 두 눈에서 쉴 새 없이 흐르는 눈물은 아까와는 다른 눈물이었다. 지윤아빠가 이겨냈다는 감동의 눈물. 가냘프지만 말투는 점점 어른으로 변화되고 있었다. 모든 것을 인지하고 받아들인 완벽한 가장의 강인함이 도라에몽의 가면 안에서 느껴지고 있었다. 도라에몽이 잠시 그녀를 바라보았다. 가면 안의 지윤아빠가 걱정하지 말라는 신호를 보냈다. 도라에몽이 다시 고개를 학부모에게 향하고 말했다.

"험한 일을 당했다, 그래요. 많이 아팠습니다. 우리의 부주의가 지윤이에게 지울 수 없는 상처를 준 것도 사실입니다. 그런데 말이죠, 달라진 건 없습니다. 우리는 여전히 한 식탁에서 밥을 먹고, 여전히 우리는 함께 여행을 다닐 겁니다. 여전히 우리는 함께 TV를 볼 테고, 여전히 우리 가족은 함께 웃을 겁니다. 다만, 시간이 조금 걸릴 뿐입니다. 당신들이 누리는 당연한 것들, 우리도 다시 찾을 겁니다. 달라진 건 없어요. 그것을 이해 못 하시는 겁니까? 부모 입장에서 이해하지 못하시겠어요? 물론 자기 아이에 대한 걱정도 잘 알고 있습니다. 하지만 정작 부정적인 시선으로 지윤이를 바라보는 사람은 누구일까요? 아이들일까요? 아이들은 지윤이를 좋은 친구로 생각합니다. 그 선을 그어버리는 사람들은 누구일까요? 아이들은 지윤이의 상처를 알지 못합니다. 그 지독함을 알려주는 것은 바로 우리 부모라는 사실이 믿기시나요? 우리가 지금 순수한 아이들에게 편견을 교육합니다. 지금 우리는……."

도라에몽이 말을 하다 멈췄다. 조금씩 목소리가 돌아왔기 때문이다. 급하게 복도에 놓고 온 헬륨가스통으로 향하려 했다. 지윤엄마를 지나치는 순간, 그녀에게 안겨 있던 지윤이가 도라에몽을 붙잡았다. 도라에몽이 지윤이를 돌아보았다. 지윤이가 훌쩍거리며 이 분위기가 무서운지 떨리는 목소리로 말했다.

"아빠, 집에 가자."

모두가 침묵했다. 아무도 말을 꺼내지 않았다. 지윤엄마도, 도라에몽도 마찬가지였다. 침묵 속에 지윤이가 도라에몽을 잡은 손을 다시 흔들며 말했다.

"아빠, 집에 가자."

도라에몽이 말을 더듬거리며 되물었다. 목소리는 완벽하게 돌아와 있었다.

"뭐라고…… 했니?"

"아빠, 집에 가자."

"응? 다시 한 번만 다시 한…… 번만."

"아빠, 집에 가자."

"흑흑. 다시 한 번만. 우리 지윤이 다시 한 번만 말해줄래?

"아빠, 빨리 집에 가자."

도라에몽이 천천히 가면을 벗었다. 눈물인지 땀인지 모를 축축한 감동이 지윤아빠의 온 얼굴을 적셔놓고 있었다.

"아빠, 집에 가도…… 돼?"

지윤이가 고개를 끄덕였다. 모두가 기적을 바라보는 표정으로 지윤이를 바라보았다.

"하악, 하악. 정말…… 아빠 집에 가도 돼? 지윤이랑 같이 아빠 집에 가도 돼?"

지윤이가 웃음을 보이며 다시 한 번 강하게 고개를 끄덕였다.

"아빠, 집에 가자. 도라에몽보다 아빠가 더 좋아."

지윤아빠가 넓게 팔을 뻗어 지윤엄마와 지윤이를 힘차게 안았다.

"흑흑. 얼마나 기다렸는데. 이 말을 기다리며 얼마나 참고 참았는데. 얼마나…… 얼마나 우리 지윤이 입에서 아빠라는 말이 나오길 기다렸는데. 흑흑. 고맙다. 정말 고맙다. 지윤아, 아빠가…… 아빠가…… 아빠가…… 고마워. 아빠가 약속할게. 이 수식어를 당연하게 받아들이지 않을게. 아빠라는 세상에서 가장 흔한 말, 절대 잊지 않을게. 나는 아빠잖아. 우리 지윤이 아빠잖아. 사람들이 말하는 지윤이 아빠잖아. 자랑스럽다. 내가 지윤아빠라는 것이. 내가 지윤이 아빠라는 것이 너무 자랑스럽다."

그 누구도 감히 입을 열지 않았다. 부모의 입장에서 이들을 떼어놓을 수 없다는 것을 모두 느끼고 있었다. 지윤아빠가 지윤이 얼굴을 어루만졌다. 그는 목이 메는 서글픔을 꿀꺽 삼키며 말했다.

"그래, 집에 가자. 집에 가서 우리 지윤이랑 밥도 먹고 만화도 보자. 〈슈렉〉도 보러 가고, 여행도 가자. 아빠랑……
아빠랑…… 우리 지윤이랑 같이 집에 가자. 우리 집에 같이 가자……."

이들 가족을 몰아세우던 사람들의 눈가가 촉촉해졌다. 그 누구도 침범할 수 없는 성스러운 영역의 아름다움이었다. 집에 가자……. 얼마나 이 말을 기다렸던가! 집에 가자……. 이 말 한 마디가 얼마나 그립고 그리웠던가!

*

우린 집으로 향했다. 우리 가족이 모두 함께 한 차에 올라 집으로 향했다. 지윤아빠와 나, 지윤이가 함께 차를 타고 집으로 향했다. 웃음과 눈물의 공존은 끝도 없이 이어졌다. 이 순간을 얼마나 기다렸던가? 얼마나 꿈꿔왔던 모습일까?

어떻게 잊을 수 있을까?

어떻게 지울 수 있을까?

어떻게 버릴 수 있을까?

우리가 가족이라는 이 순간의 행복을…….

유기하지 않겠다.

방관하지 않겠다.

잃어버리지 않겠다.

우리가 가족이라는 이 순간의 행복을…….

가족. 세상 모든 사람에게 허용되는 당연한 단어이자 당연한 모습.

나는 이 당연함을 결코 당연하다 생각하지 않겠다.

10화. 지윤아빠

술에 취한 나는 모든 것을 버리려 했다. 죽음으로 편안해질 수 있다면……. 이런 생각이 나를 지배하고 있었다. 거침없이 도로에 뛰어들었다. 벗어나고픈 간절함은 나에게 망설임이라는 단어를 빼앗아갔다. 편안할 거라 생각했던 선택. 이 선택은 미련하고도 수많은 죄의식을 안겨주었다. 무언가가 나와 부딪히는 그 순간, 후회만이 나를 지배했다. 간사하지만, 나는 조금 전과는 반대의 생각들로 다시 살아갈 용기를 만들어내었다.

"살자. 살자. 무슨 일이 있어도 살아야 한다. 지금 내가 죽어버리면 지윤이를, 지윤엄마를 볼 수 있는 희박한 확률도 사라진다. 무조건 살아야 한다. 나는 지윤아빠이기에. 한 가족의 가장이기에."

영화 〈여인의 향기〉가 떠올랐다. 구급차에 실려 가면서 나는 어이없게도 영화의 줄거리를 생각했다.

맹인 퇴역장교. 시인 같은 면모와 철학적인 면모를 소유한, 알 수 없는 매력의 소유자였다. 그는 한 학생을 만나게 되고 그 학생과 함께 여행을 시작한다. 안내자 역할 격인 학생은 그에게서 신비로운 무언가를 발견한다. 그가 추는 탱고의 매력에 빠지기도 하고, 그의 멋진 운전 실력에 감탄을 자아내기도 한다. 하지만 그는 죽음을 선택하려 했다. 앞이 보이지 않는 어둠이 너무도 지독했기 때문이다. 메말라 버린 자신의 감성이 두려웠기 때문이다. 답답함을 이기지 못한 그가 권총으로 자살을 하려는 순간, 학생이 그를 저지한다. 긴박한 상황, 그 순간 나누었던 학생과 그의 대화가 나의 뇌리를 스쳐지나갔다.

"당신에게는 인생이 있잖아요?"

"인생? 무슨 인생? 나에게는 어둠뿐이란 말이야!"

"당신이 살아야 하는 이유 두 가지를 대죠. 당신처럼 멋지게 탱고를 추고 스포츠카를 잘 모는 사람은 본 일이 없어요."

나에게 살아야 하는 두 가지 이유를 대라고 한다면 당장

외칠 수 있었다. 길을 가던 행인마저도 내가 죽으려 한다면, 살아야 하는 두 가지 이유를 거침없이 알려주었을 것이다.

'지윤엄마를 세상에서 가장 사랑하고, 지윤이를 세상에서 가장 사랑하는 사람은 당신뿐이에요!'

나는 왜 어리석게도 이런 바보 같은 선택을 했던 것일까?

구급대원은 계속해서 출혈이 심한 곳을 손으로 감싸며 운전자를 다그쳤다. 모두가 긴장한 가운데 나만 여유로운 모습으로 영화의 줄거리를 떠올리며 공상에 잠겼다.

그와 학생은 여행 도중 많은 것을 느끼고 서로에게 친밀감을 갖게 된다. 학생이 다시 학교로 돌아가게 되었을 때, 그는 학생의 아버지 자격으로 학생에게 부당한 요구와 처우를 강요한 교장과 멋진 한판 승부를 벌인다. 그와 학생은 학생들의 박수갈채 속에 함께 자리를 빠져나간다. 그를 집까지 데려다준 학생은, 그가 조카들과 다정한 담소를 나누는 모습을 본 뒤 발걸음으로 돌리며 엔딩을 맞는다.

〈여인의 향기〉는 지금 이 순간 나를 일깨워주고 있었다.

"자신에게 위기가 닥쳤을 때, 누군 달아나고 누군 남아요."라는 대사를 기억했다. 나는 왜 도망가려 했을까? 답은 또 다른 대사에서 제시되었다.

"난 지금도 인생의 갈림길에 서 있어요. 난 언제나 바른 길을 따라왔어요. 하지만 그 길을 뿌리쳤죠. 왜냐면 그 길이 너무 어려웠어요."

그렇다. 너무 어려워서였다. 끝이 보이지 않는 수많은 난관들을 이겨낼 자신이 없었다. 이 물음의 해답 역시 영화의 마무리에서 찾았다.

"탱고는 정말 멋진 거예요. 실수를 하면 스텝이 엉키고…… 그게 바로 탱고지요."

꼬이는 인생. 지금 너무 엉켜버린 우리 가족의 미래. 하지만 지금의 순간으로 인하여 '탱고같이 유쾌하고 즐거운 삶을 살 수 있지는 않을까'라는 희망의 메시지가 나에게 다가왔다. 나는 당장이라도 일어나고 싶은 마음이 굴뚝같았다. 하지만…… 몸은 내 의지와 같이 움직여지지 않았다.

얼마나 잤던 것일까? 내가 눈을 뜨니 지윤엄마가 자리를 지키고 있었다. 지윤엄마는 나에게 사랑한다 말을 하고는 스르르 잠에 빠져들었다. 나는 지윤엄마의 머리카락을 어루만지며 앞으로를 생각했다. 답은 간단했다. 나는 엉켜버린 탱고를 계속 춰야만 했다. 아주 신나는, 여인을, 지윤이를 반하게 할 정도의, 명랑하고 신나는 탱고를.

스스로에게 최면을 걸었다. 지윤엄마가 나를 찾아오기 전, 이미 나는 여덟 살 아이가 되어 있었다. 정신의학적 설명은 필요 없다. 탱고같이 형식이 없는 자유로움을 머리가 선택한 것이었으니까. 기억도 지워버렸다. 탱고를 출 땐 걸림돌이 되는 그 무엇도 주변에 남겨놓지 않듯이 내 머리를 깨끗하게 비워버렸다. 위험한 선택이었지만 나는 내가 다시 돌아갈 수 있다 굳게 믿었다. 탱고는 끝나지 않는 춤이 아니니까. 음악은 언젠가 끝이 날 테니까. 그 안에 나는 땀으로 흠뻑 젖은 몸으로 한 명의 여인을 유혹하기만 하면 되니까. 세상에서 가장 아름다운 지윤이를.

나의 완벽한 의지는 지윤이를 이해하게 만들었다. 지금 지윤이에게 필요한 것은 아빠가 아닌, 자신을 이해해줄 수 있는, 절대적으로 기댈 수 있는 친구였다. 나는 어린아이의 모습으로 지윤이를 만날 것을 생각했지만, 지윤엄마는 더욱 기가 막힌 아이디어를 내게 제공했다. 지윤엄마가 나와 함께 장단에 맞춰 격렬한 탱고를 추기 시작한 것이다. 그 누구의 간섭도 받지 않는 춤을.

우리의 딸을 위해서.

도라에몽이 되어 편지를 쓰는 순간이 외롭기도 했다. 당장이라도 달려가 내가 아빠라 말하고 싶었다. 평범한 일상을 손아귀에 쥐는 일이 이렇게 힘들 줄은 상상도 하지 못했다. 음악이 끝나간다. 나는 점점 지쳐가고 있었다. 스텝을 밟기도 버거운 다리는 조금씩 힘이 풀려가고 있었다.

지윤이가 학교에 갔던 날, 나는 점점 탱고와 음악이 끝나가는 것을 실감했다. 다시 정신은 되돌아왔다. 그 무엇도 남지 않은 채 지친 몸뚱이밖에 남지 않을 것 같았다. 박수갈채보다는 사람들의 야유가 들리는 듯했다. 리듬은 조금씩 사라졌다. '아! 이제 끝이구나!'라는 좌절이 나에게 다가왔다.

하지만 예상과는 다른 반전이 기다렸다. 음악이 끝나고 내가 춤을 멈추는 순간, 많은 이들의 박수는 아니었지만 지윤이의 박수소리가 터져나왔다. 지윤이가…… 나를 바라보고 있었던 것이다. 수많은 사람의 질타 속에서도 지윤이는 나를 바라보고 있었던 것이다.

나는 깨달았다. 탱고를 추는 순간부터 이미 여인은 나에게 흠뻑 취해 있었다는 사실을. 지윤이는 이미 도라에몽이 아니라 아빠의 편지를 읽고 있었던 것이다. 처음부터 나는 아빠였다. 도라에몽이 아닌 지윤아빠. 탱고를 춘다고 해서 나의 모습이 백마 탄 왕자로 변하는 것은 아니듯이.

북적거리는 파티장의 수많은 사람들 속에서 지윤이는 잠시 다른 곳에 시선을 두고 있었다. 음악이 흐르고 탱고를 추기 시작하자 지윤이의 시선이 비로소 나에게 돌아왔다.

음악이 멈췄다. 지윤이가 말했다.

아빠, 집에 가자.

탱고는 끝이 났고, 우리 가족은 집으로 향했다.

11화. 희망의 날개를 찾다

지윤이 가족의 아침

"지윤아, 밥 먹자! 지윤아빠, 밥 먹어요."

"엄마, 나 늦었는데."

"괜찮아, 오늘은 아빠가 차로 데려다줄게. 천천히 먹어. 지윤엄마, 빨리 같이 먹자고."

"그래요. 천천히 먹어요."

"엄마. 밥이 너무 많아."

"꼭꼭 씹어서 먹어. 지윤아빠도, 지윤이도, 엄마도."

지윤이 가족의 점심

"아빠! 언제 들어와? 나 학교에서 왔어."

"아빠 오늘은 일찍 들어갈 거야."

"그럼 아이스크림 사 와. 아! 그리고 엄마가 어른들이 마시는 음료수 한 병 사 오래. 그게 뭐야?"

"하하. 우리 지윤이도 크면 알게 될 거야. 엄마한테 알겠다고 전해. 사랑해요. 우리 지윤이."

"응, 빨리 와."

지윤이 가족의 저녁

"오늘 저녁은 푸짐한데? 어서 먹자. 당신 솜씨는 갈수록 늘어 간단 말이야."

"당분간 우리 외식 금지인 거 알죠? 투정 부리기만 해봐."

"하하. 지윤이도 어서 먹자."

"근데 아빠, 행복이라는 게 뭐야?"

"행복? 흠……. 행복이라는 건 말이야. 지윤이가 아빠에게 언제 들어오냐고 물을 때야. 아이스크림 사 오라 말할 때야. 그게 바로 행복이야."

"그게 왜? 그럼 엄마, 행복이라는 게 뭐야?"

"행복이라는 건, 지윤이가 아빠 어디 갔냐고 물을 때, 아빠 언제 오냐고 물을 때야. 그게 바로 행복이라는 거야."

"응?"

"한 식탁에 우리 가족이 함께 모여 있을 때 엄마랑 아빠는 가장 행복해."

"아하! 나도."

지윤이 가족의 늦은 새벽

"지윤아빠, 많이 마셨는데 괜찮아?"

"지윤이 자고 있으니 좀 마셔도 돼. 좋다."

"오늘은 웬일인지 나도 많이 마시게 되네."

"지윤엄마, 아니 오늘은 유정이라고 부르고 싶네. 박유정."

"나도 오늘은 지윤아빠가 아닌 김석한으로 부르고 싶은데?"

"갑자기 마음이 바뀌었어. 사랑이라고 부르고 싶어. 내가 예전에 당신을 부르던 호칭으로."

"그럼 나는 삐돌이라 불러야겠는걸? 예전 호칭으로."

"하하. 사랑아! 내가 삐돌이었나?"

"당연한 걸 왜 물어본데? 삐돌 씨?"

"사랑해, 유정아. 우리 사랑이."

"나도 사랑해요. 삐돌이 김석한 씨."

지윤이가 정상적으로 돌아오기까지는 2년이 걸렸다. 항문 주머니를 떼고 정상적인 아이들과 어울리기까지 그만큼의 시간이 필요했다. 훌쩍 자란 열 살의 지윤이는 아직 초등학교 1학년이었다. 하지만, 그들은 여전히 가족이다.

여전히 지윤엄마, 지윤아빠, 지윤이라는 호칭을 사용하고 있다.

달라진 것이 있다면 다른 가족보다 조금은 먼 길을 돌아왔다는 것뿐이다. 결국 다시 돌아왔고, 달라진 것은 아무것도 없었다.

행복이란 무엇일까?

한 식탁에 모여 앉는 일.

같은 시간에 잠을 청하는 일.

아침에 눈을 뜨면 가장 먼저 서로의 얼굴을 바라보는 일.

함께 TV 앞에 앉아 공간을 공유하는 일.

그리고

사랑한다는 말이 자연스러운 일.

우리가 언제나 함께하는 일상.

행복은 늘 우리 곁에 있다.

작가의 말

유독 힘든 집필이었다. 구성을 잡는 것도, 이야기를 써내려가는 과정도 너무 힘이 들었다. 과연 내가 절망과 지독한 상처의 무게를 희망으로 바꿔놓을 수 있을지 의문도 들었다. 스스로를 평가하는 좋은 기회이기도 했지만, 두려움이 먼저 앞서 왔다.

작품을 보면 띄엄띄엄 진행되는 부분들이 눈에 많이 들어올 것이다. 모두가 지윤아빠를 알고 있는 부분이 그러하며, 모두가 지윤이를 알고 있는 부분 역시 그렇다. 나는 아동의 아픔은 모두가 알아야 되는 의무라 생각했다. 그리고 조두순 사건을 생각하며 우리는 독으로, 때로는 약으로 피해자와 가족들에게 다가설 수 있다는 것을 느꼈다.

우리는 알고 있다. 알려 하지 않아도 자연스럽게 그 엄청난 사건을 접하고 느끼고 있다. 굳이 내가 지윤아빠를, 지윤이를 타인들이 어떻게 알고 있는지에 대한 설명을 넣지 않아도 우리의 가슴은 이미 모든 것을 알고 있다. 기사나 타인에게서 들은 이야기를 통해 누구나 알고 있는 이야기들. 과연 우리는 이 엄청난 사건들 속에 무엇을 공유했을까? 공유한 것이 있기나 한 것일까? 우리는 피해자와 가족들의 사소한 생활을 당연하다는 듯 듣고 읽으며 살아간다. 그렇다면 그들에게 우리가 마음을 나눠야 하는 것 역시 당연한 일 아닐까? 아픔을 가진 이들의 이야기를 당연하다는 듯 알게 되었다면, 그들에게 도움을 건네야 하는 것 역시 당연한 것 아닐까?

삶이라는 여정을 걸어가며 우리는 수많은 난관에 부딪힌다. 나 역시 그렇고 이 글을 읽는 독자들도 그렇다. 나는 영화 속 명대사를 많이 인용하였다. 내가 힘을 얻었던 명대사들을 공유하려는 의도도 있었지만, 우리에게 있어서 모두가 공감하는 무언가가 필요했다.

지독히 이기적이고 내면적인 글은 특정 누군가에게만

희망을 선물할 뿐이라 생각한다. 나는 이번 작품에서 모두가 함께 느낄 수 있는 희망을 그리고 싶었고, 그 의도는 어느 정도 전달되었다고 생각한다.

지금의 상황이 절망으로 다가오는 모든 이들과 함께 희망을 나누었으면 하는 간절한 바람이 지금 이 새벽, 소용돌이 치듯 설레는 마음을 느끼게 한다.

오후 1시 15분, 나영이 아버님을 뵈었다. 내 소설을 전달해드리며 아버님께 많은 조언을 구했다. 아버님과의 대화는 정말 슬펐다. 눈물이 앞을 가리며 가슴이 먹먹해져왔다. 손을 잡아드리고 싶었다. 안아드리고 싶었다. 하지만……나는 자격이 없었다.

아버님과 함께 나영이가 치료 받고 나오는 길을 동행했다. "누구야?" 나영이가 나를 보며 물었다. 나는 웃으며 "소설가 아저씨야."라고 대답했다.

눈물이 왜 그렇게 쏟아지려 하는지. 왜 나는 죄책감에 그렇게 서러워했는지.

어른으로서, 범죄에 대한 가벼운 처벌을 그저 지켜만 봤다는 것에 부끄러움과 죄의식이 밀려왔다.

나영이와 아무 말 없이 걸었다. 나영이가 내 팔을 살짝 건드리며 말했다.

"아저씨는 뭘 먹어서 그렇게 키가 커?"

입술을 깨물었다. 병원 복도를 걸어 나오는데, 누군가가 나의 눈을 볼까 두려웠다. 나는 나영이를 바라보지 못하고 먼 곳을 응시한 채 말했다.

"많이 먹었거든. 너는 살 좀 쩌야겠다. 많이 먹고 살 좀 쩌자."

나는 나영이가 심리치료를 받는 곳까지 동행했다. 나영이 아버님과 많은 대화를 나누고 있는데 심리치료사가 아버님을 불렀다. 나영이는 상담이 끝나고 내 앞에 앉아 있었다.

가냘픈 손. 꼭 잡아주고 싶었다. 미친 듯이 나영이를 안고 '내가 꼭 지켜줄게.'라고 말하고 싶었다.

돈을 많이 찾아오지 못한 것이 한이 되었다. 나영이와 식당으로 향했다. 나영이는 자꾸 내 키가 크다며 신기하다고 말했다. 사랑하는 누군가의 손을 잡는 일보다 더 큰 용기를 필요로 하는 나영이의 작은 손. 나는 차마 잡지 못했다.

이 답답함을 어찌 다 말할 수 있을까?

그놈을 찢어 죽이고 싶었다. 절대 상상해서는 안 되는 잔

악함을 생각했다. 찢어 죽여 그 몸뚱이를 굶주린 짐승에게
던져주고 싶은 마음이 굴뚝같았다.

천사였다. 나영이는 천사보다 예쁘고 사랑스러웠다. 어
찌 이 예쁜 아이에게 신은 잔인한 폭력을 선물했을까?

식당에 들어가자마자 나는 나영이에게 말했다.

"먹고 싶은 거 다 시켜."

"우동."

"우동 하나밖에 없어?"

"응."

"그럼 아저씨 배고프니까, 돈가스도 시키고 함박스테이크
도 시키고 생선가스도 시키자. 아! 제육덮밥도 먹고 싶네."

"아저씨 돼지야?"

"하하! 맞아 아저씨 돼지야. 꿀꿀이."

다정하게 이야기를 나누며 음식을 주문했다. 나영이가
부끄러운 미소로 나를 바라보며 말했다.

"아저씨……. 전화번호 뭐야?"

"응?"

"전화번호 알려줘."

고마웠다. 고맙고 고마워서 무릎이라도 꿇고 싶었다. 흐

느낌이 터져 나왔다. 억지로 눈물을 참으며 전화번호를 알려주었다.

나영이는 저장한 다음 바로 나에게 문자를 보냈다. 이모티콘이 포함된 '메롱'이라는 문자. 나는 바로 앞에서 웃으며 답신을 보냈다. '땅콩' 다시 답장을 보냈다. '보름달이 꼭 네 얼굴 같구나!'

우리는 서로 웃었다. 나는 나영이에게 땅콩이라는 별명을 지어주었다. 나영이는 나를 키다리아저씨라 저장했다. 나는 나영이의 이름을 물어보지 않았다. 이름을 알 권리나 자격은 나에게 있지 않았다. '땅콩아!'라고 부르는 것이 유일했다.

미안하다. 미안하다. 우리 땅콩이……

지켜주지 못해 너무 미안하다. 우리 땅콩이……. 이제 그 누구도 땅콩이를 건들지 못하게 내가 지켜줄게. 사랑만 받으며 살자.

나영이 아버님께서는 나영이처럼 아픈 아이가 다시는 나오지 않길 간절하게 원하십니다. 그렇기에 당신을 희생하셔서 많은 활동을 하십니다. 언론의 장난질에도 꿋꿋이 버텨나가며 많은 이들에게 폭력에 대해 호소하십니다.

여러분, 잊지 맙시다. 나영이 아버님의 마지막 말을 전합니다.

"잊으려 하면 안 돼요. 이겨내야지."

소원

희망의 날개를 찾아서

© 소재원, 2013

개정판 1쇄 인쇄일 | 2013년 9월 12일
개정판 5쇄 발행일 | 2017년 7월 28일

지은이 | 소재원
펴낸이 | 정은영
펴낸곳 | (주)자음과모음
출판등록 | 2001년 11월 28일 제2001-000259호
주　소 | 04083 서울시 마포구 성지길 54
전　화 | 편집부 (02)324-2347, 경영지원부 (02)325-6047
팩　스 | 편집부 (02)324-2348, 경영지원부 (02)2648-1311
E-mail | neofiction@jamobook.com

ISBN 979-11-85327-02-0(03810)

이 도서의 국립중앙도서관 출판시도서목록(CIP)은 서지정보유통지원시스템 홈페이지
(http://seoji.nl.go.kr)와 국가자료공동목록시스템(http://www.nl.go.kr/kolisnet)에서
이용하실 수 있습니다.(CIP제어번호: CIP2013018094)